Gervaise appelait ça la paillasse

Émile Zola

Copyright pour le texte et la couverture © 2023 Culturea
Edition : Culturea (culurea.fr), 34 Hérault
Contact : infos@culturea.fr
Impression : BOD, Norderstedt (Allemagne)
ISBN :9791041832323
Date de publication : juillet 2023
Mise en page et maquettage : https://reedsy.com/
Cet ouvrage a été composé avec la police Bauer Bodoni
Tous droits réservés pour tous pays.

Gervaise appelait ça la paillasse

I

Ce devait être le samedi après le terme, quelque chose comme le 12 ou le 13 janvier, Gervaise ne savait plus au juste. Elle perdait la boule, parce qu'il y avait des siècles qu'elle ne s'était rien mis de chaud dans le ventre. Ah! quelle semaine infernale! un ratissage complet, deux pains de quatre livres le mardi qui avaient duré jusqu'au jeudi, puis une croûte sèche retrouvée la veille, et pas une miette depuis trentesix heures, une vraie danse devant le buffet! Ce qu'elle savait, par exemple, ce qu'elle sentait sur son dos, c'était le temps de chien, un froid noir, un ciel barbouillé comme le cul d'une poêle, crevant d'une neige qui s'entêtait à ne pas tomber. Quand on a l'hiver et la faim dans les tripes, on peut serrer sa ceinture, ça ne vous nourrit guère.

Peutêtre, le soir, Coupeau rapporteraitil de l'argent. Il disait qu'il travaillait. Tout est possible, n'estce pas? et Gervaise, attrapée pourtant bien des fois, avait fini par compter sur cet argentlà. Elle, après toutes sortes d'histoires, ne trouvait plus seulement un torchon à laver dans le quartier; même une vieille dame dont elle faisait le ménage, venait de la flanquer dehors, en l'accusant de boire ses liqueurs. On ne voulait d'elle nulle part, elle était brûlée; ce qui l'arrangeait dans le fond, car elle en était tombée à ce point d'abrutissement, où l'on préfère crever que de remuer ses dix doigts. Enfin, si Coupeau rapportait sa paie, on mangerait quelque chose de chaud. Et, en attendant, comme midi n'avait pas sonné, elle restait allongée sur la paillasse, parce qu'on a moins froid et moins faim, lorsqu'on est allongé.

Gervaise appelait ça la paillasse; mais, à la vérité, ça n'était qu'un tas de paille dans un coin. Peu à peu, le dodo avait filé chez les revendeurs du quartier. D'abord, les jours de débine, elle avait décousu le matelas, où elle prenait des poignées de laine, qu'elle sortait dans son tablier et vendait dix sous la livre, rue Belhomme. Ensuite, le matelas vidé, elle s'était fait trente sous de la toile, un matin, pour se payer du café. Les oreillers avaient suivi, puis le traversin. Restait le bois de lit, qu'elle ne pouvait mettre sous son bras, à cause des Boche, qui auraient ameuté la maison, s'ils avaient vu s'envoler la garantie du propriétaire. Et cependant, un soir, aidée de Coupeau, elle guetta les Boche en train de gueuletonner, et déménagea le lit tranquillement, morceau par morceau, les bateaux, les dossiers, le cadre de fond. Avec les dix francs de ce lavage, ils fricotèrent trois jours. Estce que la paillasse ne suffisait pas? Même la toile était allée rejoindre celle du matelas; ils avaient ainsi achevé de manger le dodo, en se donnant une indigestion de pain, après une fringale de vingtquatre heures. On poussait la paille d'un coup de balai, le poussier était toujours retourné, et ça n'était pas plus sale qu'autre chose.

Sur le tas de paille, Gervaise, tout habillée, se tenait en chien de fusil, les pattes ramenées sous sa guenille de jupon, pour avoir plus chaud. Et, pelotonnée, les yeux grands ouverts, elle remuait des idées pas drôles, ce jourlà. Ah! non, sacré mâtin! on ne pouvait continuer ainsi à vivre sans manger! Elle ne sentait plus sa faim; seulement, elle avait un plomb dans l'estomac, tandis que son crâne lui semblait vide. Bien sûr, ce n'était pas aux quatre coins de la turne qu'elle trouvait des sujets de gaieté! Un vrai chenil, maintenant, où les levrettes qui portent des paletots, dans les rues, ne seraient pas demeurées en peinture. Ses yeux pâles regardaient les murailles nues. Depuis longtemps ma tante avait tout pris. Il restait la commode, la table et une chaise; encore le marbre et les tiroirs de la commode s'étaientils évaporés par le même chemin que le bois de lit. Un incendie n'aurait pas mieux nettoyé ça, les petits bibelots avaient fondu, à commencer par la toquante, une montre de douze francs, jusqu'aux photographies de la famille, dont une marchande lui avait acheté les cadres; une marchande bien complaisante, chez laquelle elle portait une casserole, un fer à repasser, un peigne, et qui lui allongeait cinq sous, trois sous, deux sous, selon l'objet, de quoi remonter avec un morceau de pain. A présent, il ne restait plus qu'une vieille paire de mouchettes cassée, dont la marchande lui refusait un sou. Oh! si elle avait su à qui vendre les ordures, la poussière et la crasse, elle aurait vite ouvert boutique, car la chambre était d'une jolie saleté! Elle n'apercevait que des toiles d'araignée, dans les coins, et les toiles d'araignée sont peutêtre bonnes pour les coupures, mais il n'y a pas encore de négociant qui les achète. Alors, la tête tournée, lâchant l'espoir de faire du commerce, elle se recroquevillait davantage sur sa paillasse, elle préférait regarder par la fenêtre le ciel chargé de neige, un jour triste qui lui glaçait la moelle des os.

Que d'embêtements! A quoi bon se mettre dans tous ses états et se turlupiner la cervelle? Si elle avait pu pioncer au moins! Mais sa pétaudière de cambuse lui trottait par la tête. M. Marescot, le propriétaire, était venu luimême, la veille, leur dire qu'il les expulserait, s'ils n'avaient pas payé les deux termes arriérés dans les huit jours. Eh bien! il les expulserait, ils ne seraient certainement pas plus mal sur le pavé! Voyezvous ce sagouin avec son pardessus et ses gants de laine, qui montait leur parler des termes, comme s'ils avaient eu un boursicot caché quelque part! Nom d'un chien! au lieu de se serrer le gaviot, elle aurait commencé par se coller quelque chose dans les badigoinces! Vrai, elle le trouvait trop rossard, cet entripaillé, elle l'avait où vous savez, et profondément encore! C'était comme sa bête brute de Coupeau, qui ne pouvait plus rentrer sans lui tomber sur le casaquin: elle le mettait dans le même endroit que le propriétaire. A cette heure, son endroit devait être bigrement large, car elle y envoyait tout le monde, tant elle aurait voulu se débarrasser du monde et de la vie. Elle devenait un vrai grenier à coups de poing. Coupeau avait un gourdin qu'il appelait son éventail à bourrique; et il éventait la bourgeoise, fallait voir! des suées abominables, dont elle sortait en nage. Elle, pas trop bonne non plus, mordait et griffait. Alors, on se trépignait dans la chambre vide, des peignées à se faire passer le goût du pain. Mais elle finissait par se ficher des dégelées comme du reste. Coupeau pouvait faire la SaintLundi des semaines entières, tirer des bordées qui duraient des mois, rentrer fou de boisson et vouloir la réguiser, elle s'était habituée, elle le trouvait tannant, pas davantage. Et c'était ces jourslà qu'elle l'avait dans le derrière. Oui, dans le derrière, son cochon d'homme! dans le derrière, les Lorilleux, les Boche et les Poisson! dans le derrière, le quartier qui la méprisait! Tout Paris y entrait, et elle l'y enfonçait d'une tape, avec un geste de suprême indifférence, heureuse et vengée pourtant de le fourrer là.

Par malheur, si l'on s'accoutume à tout, on n'a pas encore pu prendre l'habitude de ne point manger. C'était uniquement là ce qui défrisait Gervaise. Elle se moquait d'être la dernière des dernières, au fin fond du ruisseau, et de voir les gens s'essuyer, quand elle passait près d'eux. Les mauvaises manières ne la gênaient plus, tandis que la faim lui tordait toujours les boyaux. Oh! elle avait dit adieu aux petits plats, elle était descendue à dévorer tout ce qu'elle trouvait. Les jours de noce, maintenant, elle achetait chez le boucher des déchets de viande à quatre sous la livre, las de traîner et de noircir dans une assiette; et elle mettait ça avec une potée de pommes de terre, qu'elle touillait au fond d'un poêlon. Ou bien elle fricassait un coeur de boeuf, un rata dont elle se léchait les lèvres. D'autres fois, quand elle avait du vin, elle se payait une trempette, une vraie soupe de perroquet. Les deux sous de fromage d'Italie, les boisseaux de pommes blanches, les quarts de haricots secs cuits dans leur jus, étaient encore des régals qu'elle ne pouvait plus se donner souvent. Elle tombait aux arlequins, dans les gargots borgnes, où, pour un sou, elle avait des tas d'arêtes de poisson mêlées à des rognures de rôti gâté. Elle tombait plus bas, mendiait chez un restaurateur charitable les croûtes des clients, et faisait une panade, en les laissant mitonner le plus longtemps possible sur le fourneau d'un voisin. Elle en arrivait, les matins de fringale, à rôder avec les chiens, pour voir aux portes des marchands, avant le passage des boueux; et c'était ainsi qu'elle avait parfois des plats de riches, des melons pourris, des maquereaux tournés, des côtelettes dont elle visitait le manche, par crainte des asticots. Oui, elle en était là; ça répugne les délicats, cette idée; mais si les délicats n'avaient rien tortillé de trois jours, nous verrions un peu s'ils bouderaient contre leur ventre; ils se mettraient à quatre pattes et mangeraient aux ordures comme les camarades. Ah! la crevaison des pauvres, les entrailles vides qui crient la faim, le besoin des bêtes claquant des dents et s'empiffrant de choses immondes, dans ce grand Paris si doré et si flambant! Et dire que Gervaise s'était fichu des ventrées d'oie grasse! Maintenant, elle pouvait s'en torcher le nez. Un jour, Coupeau lui ayant chipé deux bons de pain pour les revendre et les boire, elle avait failli le tuer d'un coup de pelle, affamée, enragée par le vol de ce morceau de pain.

Cependant, à force de regarder le ciel blafard, elle s'était endormie d'un petit sommeil pénible. Elle rêvait que ce ciel chargé de neige crevait sur elle, tant le froid la pinçait. Brusquement, elle se mit debout, réveillée en sursaut par un grand frisson d'angoisse. Mon Dieu! estce qu'elle allait mourir? Grelottante, hagarde, elle vit qu'il faisait jour encore. La nuit ne viendrait donc pas! Comme le temps est long, quand on n'a rien dans le ventre! Son estomac s'éveillait, lui aussi, et la torturait. Tombée sur la chaise, la tête basse, les mains entre les cuisses pour se réchauffer, elle calculait déjà le dîner, dès que Coupeau apporterait l'argent: un pain, un litre, deux portions de grasdouble à la lyonnaise. Trois heures sonnèrent au coucou du père Bazouge. Il n'était que trois heures. Alors elle pleura. Jamais elle n'aurait la force d'attendre sept heures. Elle avait un balancement de tout son corps, le dandinement d'une petite fille qui berce sa grosse douleur, pliée en deux, s'écrasant l'estomac, pour ne plus le sentir. Ah! il vaut mieux accoucher que d'avoir faim! Et, ne se soulageant pas, prise d'une rage, elle se leva, piétina, espérant rendormir sa faim comme un enfant qu'on promène. Pendant une demiheure, elle se cogna aux quatre coins de la chambre vide. Puis, tout d'un coup, elle s'arrêta, les yeux fixes. Tant pis! ils diraient ce qu'ils diraient, elle leur lécherait les pieds s'ils voulaient, mais elle allait emprunter dix sous aux Lorilleux.

L'hiver, dans cet escalier de la maison, l'escalier des pouilleux, c'étaient de continuels emprunts de dix sous, de vingt sous, des petits services que ces meurtdefaim se rendaient les uns aux autres. Seulement, on serait plutôt mort que de s'adresser aux Lorilleux, parce qu'on les savait trop durs à la détente. Gervaise, en allant frapper chez eux, montrait un beau courage. Elle avait si peur, dans le corridor, qu'elle éprouva ce brusque soulagement des gens qui sonnent chez les dentistes.

Entrez! cria la voix aigre du chaîniste.

Comme il faisait bon, là dedans! La forge flambait, allumait l'étroit atelier de sa flamme blanche, pendant que madame Lorilleux mettait à recuire une pelote de fil d'or. Lorilleux, devant son établi, suait, tant il avait, chaud, en train de souder des maillons au chalumeau. Et ça sentait bon, une soupe aux choux mijotait sur le poêle, exhalant une vapeur qui retournait le coeur de Gervaise et la faisait s'évanouir.

Ah! c'est vous, grogna madame Lorilleux, sans lui dire seulement de s'asseoir. Qu'estce que vous voulez?

Gervaise ne répondit pas. Elle n'était pas trop mal avec les Lorilleux, cette semainelà. Mais la demande des dix sous lui restait dans la gorge, parce qu'elle venait d'apercevoir Boche, carrément assis près du poêle, en train de faire des cancans. Il avait un air de se ficher du monde, cet animal! Il riait comme un cul, le trou de la bouche arrondi, et les joues tellement bouffies qu'elles lui cachaient le nez; un vrai cul, enfin!

Qu'estce que vous voulez? répéta Lorilleux.

Vous n'avez pas vu Coupeau? finit par balbutier Gervaise. Je le croyais ici.

Les chaînistes et le concierge ricanèrent. Non, bien sûr, ils n'avaient pas vu Coupeau. Ils n'offraient pas assez de petits verres pour voir Coupeau comme ça. Gervaise fit un effort et reprit en bégayant:

C'est qu'il m'avait promis de rentrer... Oui, il doit m'apporter de l'argent... Et comme j'ai absolument besoin de quelque chose...

Un gros silence régna. Madame Lorilleux éventait rudement le feu de la forge, Lorilleux avait baissé le nez sur le bout de chaîne qui s'allongeait entre ses doigts, tandis que Boche gardait son rire de pleine lune, le trou de la bouche si rond, qu'on éprouvait l'envie d'y fourrer le doigt, pour voir.

Si j'avais seulement dix sous, murmura Gervaise à voix basse.

Le silence continua.

Vous ne pourriez pas me prêter dix sous?... Oh! je vous les rendrais ce soir!

Madame Lorilleux se tourna et la regarda fixement. En voilà une peloteuse qui venait les empaument Aujourd'hui, elle les tapait de dix sous, demain ce serait de vingt, et il n'y avait plus de raison pour s'arrêter. Non, non, pas de ça. Mardi, s'il fait chaud!

Mais, ma chère, criatelle, vous savez bien que nous n'avons pas d'argent! Tenez, voilà la doublure de ma poche. Vous pouvez nous fouiller... Ce serait de bon coeur, naturellement.

Le coeur y est toujours, grogna Lorilleux; seulement, quand on ne peut pas, on ne peut pas.

Gervaise, très humble, les approuvait de la tête. Cependant, elle ne s'en allait pas, elle guignait l'or du coin de l'oeil, les liasses d'or pendues au mur, le fil d'or que la femme tirait à la filière de toute la force de ses petits bras, les maillons d'or en tas sous les doigts noueux du mari. Et elle pensait qu'un bout de ce vilain métal noirâtre aurait suffi pour se payer un bon dîner. Ce jourlà, l'atelier avait beau être sale, avec ses vieux fers, sa poussière de charbon, sa crasse des huiles mal essuyées, elle le voyait resplendissant de richesses, comme la boutique d'un changeur. Aussi se risquatelle à répéter, doucement:

Je vous les rendrais, je vous les rendrais, bien sûr... Dix sous, ça ne vous gênerait pas.

Elle avait le coeur tout gonflé, en ne voulant pas avouer qu'elle se brossait le ventre depuis la veille. Puis, elle sentit ses jambes qui se cassaient, elle eut peur de fondre en larmes, bégayant encore:

Vous seriez si gentils!... Vous ne pouvez pas savoir... Oui, j'en suis là, mon Dieu, j'en suis là...

Alors, les Lorilleux pincèrent les lèvres et échangèrent un mince regard. La Banban mendiait, à cette heure! Eh bien! le plongeon était complet. C'est eux qui n'aimaient pas ça! S'ils avaient su, ils se seraient barricadés, parce qu'on doit toujours être sur l'oeil avec les mendiants, des gens qui s'introduisent dans les appartements sous des prétextes, et qui filent en déménageant les objets précieux. D'autant plus que, chez eux, il y avait de quoi voler; on pouvait envoyer les doigts partout, et en emporter des trente et des quarante francs, rien qu'en fermant le poing. Déjà, plusieurs fois, ils s'étaient méfiés, en remarquant la drôle de figure de Gervaise, quand elle se plantait devant l'or. Cette fois, par exemple, ils allaient la surveiller. Et, comme elle s'approchait davantage, les pieds sur la claie de bois, le chaîniste lui cria rudement, sans répondre davantage à sa demande:

Dites donc! faites un peu attention, vous allez encore emporter des brins d'or à vos semelles... Vrai, on dirait que vous avez làdessous de la graisse, pour que ça colle.

Gervaise, lentement, recula. Elle s'était appuyée un instant à une étagère, et, voyant madame Lorilleux lui examiner les mains, elle les ouvrit toutes grandes, les montra, disant de sa voix molle, sans se fâcher, en femme tombée qui accepte tout:

Je n'ai rien pris, vous pouvez regarder.

Et elle s'en alla, parce que l'odeur forte de la soupe aux choux et la bonne chaleur de l'atelier la rendaient trop malade.

Ah! pour le coup, les Lorilleux ne la retinrent pas! Bon voyage, du diable s'ils lui ouvraient encore! Ils avaient assez vu sa figure, ils ne voulaient pas chez eux de la misère des autres, quand cette misère était méritée. Et ils se laissèrent aller à une grosse jouissance d'égoïsme, en se trouvant calés, bien au chaud, avec la perspective d'une fameuse soupe. Boche aussi s'étalait, enflant encore ses joues, si bien que son rire devenait malpropre. Ils se trouvaient tous joliment vengés des anciennes manières de la Banban, de la boutique bleue, des gueuletons, et du reste. C'était trop réussi, ça prouvait où conduisait l'amour de la frigousse. Au rencart les gourmandes, les paresseuses et les dévergondées!

Que ça de genre! ça vient quémander des dix sous! s'écria madame Lorilleux derrière le dos de Gervaise. Oui, je t'en fiche, je vas lui prêter dix sous tout de suite, pour qu'elle aille boire la goutte!

Gervaise traîna ses savates dans le corridor, alourdie, pliant les épaules. Quand elle fut à sa porte, elle n'entra pas, sa chambre lui faisait peur. Autant marcher, elle aurait plus chaud et prendrait patience. En passant, elle allongea le cou dans la niche du père Bru, sous l'escalier; encore un, celuilà, qui devait avoir un bel appétit, car il déjeunait et dînait par coeur depuis trois jours; mais il n'était pas là, il n'y avait que son trou, et elle éprouva une jalousie, en s'imaginant qu'on pouvait l'avoir invité quelque part. Puis, comme elle arrivait devant les Bijard, elle entendit des plaintes, elle entra, la clef étant toujours sur la serrure.

Qu'estce qu'il y a donc? demandatelle.

La chambre était très propre. On voyait bien que Lalie avait, le matin encore, balayé et rangé les affaires. La misère avait beau souffler là dedans, emporter les frusques, étaler sa ribambelle d'ordures, Lalie venait derrière, et récurait tout, et donnait aux choses un air gentil. Si ce n'était pas riche, ça sentait bon la ménagère, chez elle. Ce jourlà, ses deux enfants, Henriette et Jules, avaient trouvé de vieilles images, qu'ils découpaient tranquillement dans un coin. Mais Gervaise fut toute surprise de trouver Lalie couchée, sur son étroit lit de sangle, le drap au menton, très pâle. Elle couchée, par exemple! elle était donc bien malade!

Qu'estce que vous avez? répéta Gervaise, inquiète.

Lalie ne se plaignit plus. Elle souleva lentement ses paupières blanches, et voulut sourire de ses lèvres qu'un frisson convulsait.

Je n'ai rien, soufflatelle très bas, oh! bien vrai, rien du tout.

Puis, les yeux refermés, avec un effort:

J'étais trop fatiguée tous ces joursci, alors je fiche la paresse, je me dorlote, vous voyez.

Mais son visage de gamine, marbré de taches livides, prenait une telle expression de douleur suprême, que Gervaise, oubliant sa propre agonie, joignit les mains et tomba à genoux près d'elle. Depuis un mois, elle la voyait se tenir aux murs pour marcher, pliée en deux par une toux qui sonnait joliment le sapin. La petite ne pouvait même plus tousser. Elle eut un hoquet, des filets de sang coulèrent aux coins de sa bouche.

Ce n'est pas ma faute, je ne me sens guère forte, murmuratelle comme soulagée. Je me suis traînée, j'ai mis un peu d'ordre... C'est assez propre, n'estce pas?... Et je voulais nettoyer les vitres, mais les jambes m'ont manqué. Estce bête! Enfin, quand on a fini, on se couche.

Elle s'interrompit, pour dire:

Voyez donc si mes enfants ne se coupent pas avec leurs ciseaux.

Et elle se tut, tremblante, écoutant un pas lourd qui montait l'escalier. Brutalement, le père Bijard poussa la porte. Il avait son coup de bouteille comme à l'ordinaire, les yeux flambants de la folie furieuse du vitriol. Quand il aperçut Lalie couchée, il tapa sur ses cuisses avec un ricanement, il décrocha le grand fouet, en grognant:

Ah! nom de Dieu, c'est trop fort! nous allons rire!... Les vaches se mettent à la paille en plein midi, maintenant!... Estce que tu te moques des paroissiens, sacré faignante?... Allons, houp! décanillons!

Il faisait déjà claquer le fouet audessus du lit. Mais l'enfant, suppliante, répétait:

Non, papa, je t'en prie, ne frappe pas... Je te jure que tu aurais du chagrin.... Ne frappe pas.

Veuxtu sauter, gueulatil plus fort, ou je te chatouille les côtes!... Veuxtu sauter, bougre de rosse!

Alors, elle dit doucement:

Je ne puis pas, comprendstu?... Je vais mourir.

Gervaise s'était jetée sur Bijard et lui arrachait le fouet. Lui, hébété, restait devant le lit de sangle. Qu'estce qu'elle chantait là, cette morveuse? Estce qu'on meurt si jeune, quand on n'a pas été malade! Quelque frime pour se faire donner du sucre! Ah! il allait se renseigner, et si elle mentait!

Tu verras, c'est la vérité, continuaitelle. Tant que j'ai pu, je vous ai évité de la peine... Sois gentil, à cette heure, et dismoi adieu, papa.

Bijard tortillait son nez, de peur d'être mis dedans. C'était pourtant vrai qu'elle avait une drôle de figure, une figure allongée et sérieuse de grande personne. Le souffle de la mort, qui passait dans la chambre, le dessoûlait. Il promena un regard autour de lui, de l'air d'un homme tiré d'un long sommeil, vit le ménage en ordre, les deux enfants débarbouillés, en train de jouer et de rire. Et il tomba sur une chaise, balbutiant:

Notre petite mère, notre petite mère...

Il ne trouvait que ça, et c'était déjà bien tendre pour Lalie, qui n'avait jamais été tant gâtée. Elle consola son père. Elle était surtout ennuyée de s'en aller ainsi, avant d'avoir élevé tout à fait ses enfants. Il en prendrait soin, n'estce pas? Elle lui donna de sa voix mourante des détails sur la façon de les arranger, de les tenir propres. Lui, abruti, repris par les fumées de l'ivresse, roulait la tête en la regardant passer de ses yeux ronds. Ça remuait en lui toutes sortes de choses; mais il ne trouvait plus rien, et avait la couenne trop brûlée pour pleurer.

Écoute encore, reprit Lalie après un silence. Nous devons quatre francs sept sous au boulanger; il faudra payer ça... Madame Gaudron a un fer à nous que tu lui réclameras.... Ce soir, je n'ai pas pu faire de la soupe, mais il reste du pain, et tu mettras chauffer les pommes de terre...

Jusqu'à son dernier râle, ce pauvre chat restait la petite mère de tout son monde. En voilà une qu'on ne remplacerait pas, bien sûr! Elle mourait d'avoir eu à son âge la raison d'une vraie mère, la poitrine encore trop tendre et trop étroite pour contenir une aussi large maternité. Et, s'il perdait ce trésor, c'était bien la faute de sa bête féroce de père. Après avoir tué la maman d'un coup de pied, estce qu'il ne venait pas de massacrer la fille! Les deux bons anges seraient dans la fosse, et lui n'aurait plus qu'à crever comme un chien au coin d'une borne.

Gervaise, cependant, se retenait pour ne pas éclater en sanglots. Elle tendait les mains, avec le désir de soulager l'enfant; et, comme le lambeau de drap glissait, elle voulut le rabattre et arranger le lit. Alors, le pauvre petit corps de la mourante apparut. Ah! Seigneur! quelle misère et quelle pitié! Les pierres auraient pleuré. Lalie était toute nue, un reste de camisole aux épaules en guise de chemise; oui, toute nue, et d'une nudité saignante et douloureuse de martyre. Elle n'avait plus de chair, les os trouaient la peau. Sur les côtes, de minces zébrures violettes descendaient jusqu'aux cuisses, les cinglements du fouet imprimés là tout vifs. Une tache livide cerclait le bras gauche, comme si la mâchoire d'un étau avait broyé ce membre si tendre, pas plus gros qu'une allumette. La jambe droite montrait une déchirure mal fermée, quelque mauvais coup rouvert chaque matin en trottant pour faire le ménage. Des pieds à la tête, elle n'était qu'un noir. Oh! ce massacre de l'enfance, ces lourdes pattes d'homme écrasant cet amour de quiqui, cette abomination de tant de faiblesse râlant sous une pareille croix! On adore dans les églises des saintes fouettées dont la nudité est moins pure. Gervaise, de nouveau, s'était accroupie, ne songeant plus à tirer le drap, renversée par la vue de ce rien du tout pitoyable, aplati au fond du lit; et ses lèvres tremblantes cherchaient des prières.

Madame Coupeau, murmura la petite, je vous en prie...

De ses bras trop courts, elle cherchait à rabattre le drap, toute pudique, prise de honte pour son père. Bijard, stupide, les yeux sur ce cadavre qu'il avait fait, roulait toujours la tête, du mouvement ralenti d'un animal qui a de l'embêtement.

Et quand elle eut recouvert Lalie, Gervaise ne put rester là davantage. La mourante s'affaiblissait, ne parlant plus, n'ayant que son regard, son ancien regard noir de petite fille résignée et songeuse, qu'elle fixait sur ses deux enfants, en train de découper leurs images. La chambre s'emplissait d'ombre, Bijard cuvait sa bordée dans l'hébétement de cette agonie. Non, non, la vie était trop abominable! Ah! quelle sale chose! ah! quelle sale chose! Et Gervaise partit, descendit l'escalier, sans savoir, la tête perdue, si gonflée d'emmerdement qu'elle se serait volontiers allongée sous les roues d'un omnibus, pour en finir.

Tout en courant, en bougonnant contre le sacré sort, elle se trouva devant la porte du patron, où Coupeau prétendait travailler. Ses jambes l'avaient conduite là, son estomac reprenait sa chanson, la complainte de la faim en quatrevingtdix couplets, une complainte qu'elle savait par coeur. De cette manière, si elle pinçait Coupeau à la sortie, elle mettrait la main sur la monnaie, elle achèterait les provisions. Une petite heure d'attente au plus, elle avalerait bien encore ça, elle qui se suçait les pouces depuis la veille.

C'était rue de la Charbonnière, à l'angle de la rue de Chartres, un fichu carrefour dans lequel le vent jouait aux quatre coins. Nom d'un chien! il ne faisait pas chaud, à arpenter le pavé. Encore si l'on avait eu des fourrures! Le ciel restait d'une vilaine couleur de plomb, et la neige, amassée làhaut, coiffait le quartier d'une calotte de glace. Rien ne tombait, mais il y avait un gros silence en l'air, qui apprêtait pour Paris un déguisement complet, une jolie robe de bal, blanche et neuve. Gervaise levait le nez, en priant le bon Dieu de ne pas lâcher sa mousseline tout de suite. Elle tapait des pieds, regardait une boutique d'épicier, en face, puis tournait les talons, parce que c'était inutile de se donner trop faim à l'avance. Le carrefour n'offrait pas de distractions. Les quelques passants filaient raide, entortillés dans des cachenez; car, naturellement, on ne flâne pas, quand le froid vous serre les fesses. Cependant, Gervaise aperçut quatre ou cinq femmes qui montaient la garde comme elle, à la porte du maître zingueur; encore des malheureuses, bien sûr, des épouses guettant la paie, pour l'empêcher de s'envoler chez le marchand de vin. Il y avait une grande haridelle, une figure de gendarme, collée contre le mur, prête à sauter sur le dos de son homme. Une petite, toute noire, l'air humble et délicat, se promenait de l'autre côté de la chaussée. Une autre, empotée, avait amené ses deux mioches, qu'elle traînait à droite et à gauche, grelottant et pleurant. Et toutes, Gervaise comme ses camarades de faction, passaient et repassaient, en se jetant des coups d'oeil obliques, sans se parler. Une agréable rencontre, ah! oui, je t'en fiche! Elles n'avaient pas besoin de lier connaissance, pour connaître leur numéro. Elles logeaient toutes à la même enseigne chez misère et compagnie. Ça donnait plus froid encore, de les voir piétiner et se croiser silencieusement, dans cette terrible température de janvier.

Pourtant, pas un chat ne sortait de chez le patron. Enfin, un ouvrier parut, puis deux, puis trois; mais ceuxlà, sans doute, étaient de bons zigs, qui rapportaient fidèlement leur prêt, car ils eurent un hochement de tête en apercevant les ombres rôdant devant l'atelier. La grande haridelle se collait davantage à côté de la porte; et, tout d'un coup, elle tomba sur un petit homme pâlot, en train d'allonger prudemment la tête. Oh! ce fut vite réglé! elle le fouilla, lui ratissa la monnaie. Pincé, plus de braise, pas de quoi boire une goutte! Alors, le petit homme, vexé et désespéré, suivit son gendarme en pleurant de grosses larmes d'enfant. Des ouvriers sortaient toujours, et comme la forte commère, avec ses deux mioches, s'était approchée, un grand brun, l'air roublard, qui l'aperçut, rentra vivement pour prévenir le mari; lorsque celuici arriva en se dandinant, il avait étouffé deux roues de derrière, deux belles pièces de cent sous neuves, une dans chaque soulier. Il prit l'un de ses gosses sur son bras, il s'en alla en contant des craques à sa bourgeoise qui le querellait. Il y en avait de rigolos, sautant d'un bond dans la rue, pressés de courir béquiller leur quinzaine avec les amis. Il y en avait aussi de lugubres, la mine rafalée, serrant dans leur poing crispé les trois ou quatre journées sur quinze qu'ils avaient faites, se traitant de faignants, faisant des serments d'ivrogne. Mais le plus triste, c'était la douleur de la petite femme noire, humble et délicate: son homme, un beau garçon, venait de se cavaler sous son nez, si brutalement, qu'il avait failli la jeter par terre; et elle rentrait seule, chancelant le long des boutiques, pleurant toutes les larmes de son corps.

Enfin, le défilé avait cessé. Gervaise, droite au milieu de la rue, regardait la porte. Ça commençait à sentir mauvais. Deux ouvriers attardés se montrèrent encore, mais toujours pas de Coupeau. Et, comme elle demandait aux ouvriers si Coupeau n'allait pas sortir, eux qui étaient à la couleur, lui répondirent en blaguant que le camarade venait tout juste de filer avec Lantimêche par une porte de derrière, pour mener les poules pisser. Gervaise comprit. Encore une menterie de Coupeau, elle pouvait aller voir s'il pleuvait! Alors, lentement, traînant sa paire de ripatons éculés, elle descendit la rue de la Charbonnière. Son dîner courait joliment devant elle, et elle le regardait courir, dans le crépuscule jaune, avec un petit frisson. Cette fois, c'était fini. Pas un fifrelin, plus un espoir, plus que de la nuit et de la faim. Ah! une belle nuit de crevaison, cette nuit sale qui tombait sur ses épaules!

Elle montait lourdement la rue des Poissonniers, lorsqu'elle entendit la voix de Coupeau. Oui, il était là, à la PetiteCivette, en train de se faire payer une tournée par MesBottes. Ce farceur de MesBottes, vers la fin de l'été, avait eu le truc d'épouser pour de vrai une dame, très décatie déjà, mais qui possédait de beaux restes; oh! une dame de la rue des Martyrs, pas de la gnognotte de barrière. Et il fallait voir cet heureux mortel, vivant en bourgeois, les mains dans les poches, bien vêtu, bien nourri. On ne le reconnaissait plus, tellement il était gras. Les camarades disaient que sa femme avait de l'ouvrage tant qu'elle voulait chez des messieurs de sa connaissance. Une femme comme ça et une maison de campagne, c'est tout ce qu'on peut désirer pour embellir la vie. Aussi Coupeau guignaitil MesBottes avec admiration. Estce que le lascar n'avait pas jusqu'à une bague d'or au petit doigt!

Gervaise posa la main sur l'épaule de Coupeau, au moment où il sortait de la PetiteCivette.

Dis donc, j'attends, moi... J'ai faim. C'est tout ce que tu paies?

Mais il lui riva son clou de la belle façon.

T'as faim, mange ton poing!... Et garde l'autre pour demain!

C'est lui qui trouvait ça patagueule, de jouer le drame devant le monde! Eh bien! quoi! il n'avait pas travaillé, les boulangers pétrissaient tout de même. Elle le prenait peutêtre pour un dépuceleur de nourrices, à venir l'intimider avec ses histoires.

Tu veux donc que je vole? murmuratelle d'une voix sourde.

MesBottes se caressait le menton d'un air conciliant.

Non, ça, c'est défendu, ditil. Mais quand une femme sait se retourner...

Et Coupeau l'interrompit pour crier bravo! Oui, une femme devait savoir se retourner. Mais la sienne avait toujours été une guimbarde, un tas. Ce serait sa faute, s'ils crevaient sur la paille. Puis, il retomba dans son admiration devant MesBottes. Étaitil assez suiffard, l'animal! Un vrai propriétaire; du linge blanc et des escarpins un peu chouettes! Fichtre! ce n'était pas de la ripopée! En voilà un au moins dont la bourgeoise menait bien la barque!

Les deux hommes descendaient vers le boulevard extérieur. Gervaise les suivait. Au bout d'un silence, elle reprit, derrière Coupeau:

J'ai faim, tu sais... J'ai compté sur toi. Faut me trouver quelque chose à claquer.

Il ne répondit pas, et elle répéta sur un ton navrant d'agonie:

Alors, c'est tout ce que tu paies?

Mais, nom de Dieu! puisque je n'ai rien! gueulatil, en se retournant furieusement. Lâchemoi, n'estce pas? ou je cogne!

Il levait déjà le poing. Elle recula et parut prendre une décision.

Va, je te laisse, je trouverai bien un homme.

Du coup, le zingueur rigola. Il affectait de prendre la chose en blague, il la poussait, sans en avoir l'air. Par exemple, c'était une riche idée! Le soir, aux lumières, elle pouvait encore faire des conquêtes. Si elle levait un homme, il lui recommandait le restaurant du Capucin, où il y avait des petits cabinets dans lesquels on mangeait parfaitement. Et, comme elle s'en allait sur le boulevard extérieur, blême et farouche, il lui cria encore:

Écoute donc, rapportemoi du dessert, moi j'aime les gâteaux... Et, si ton monsieur est bien nippé, demandelui un vieux paletot, j'en ferai mon beurre.

II

Gervaise, poursuivie par ce bagou infernal, marchait vite. Puis, elle se trouva seule au milieu de la foule, elle ralentit le pas. Elle était bien résolue. Entre voler et faire ça, elle aimait mieux faire ça, parce qu'au moins elle ne causerait du tort à personne. Elle n'allait jamais disposer que de son bien. Sans doute, ce n'était guère propre; mais le propre et le pas propre se brouillaient dans sa caboche, à cette heure; quand on crève de faim, on ne cause pas tant philosophie, on mange le pain qui se présente. Elle était remontée jusqu'à la chaussée Clignancourt. La nuit n'en finissait plus d'arriver. Alors, en attendant, elle suivit les boulevards, comme une dame qui prend l'air avant de rentrer pour la soupe.

Ce quartier où elle éprouvait une honte, tant il embellissait, s'ouvrait maintenant de toutes parts au grand air. Le boulevard Magenta, montant du coeur de Paris, et le boulevard Ornano, s'en allant dans la campagne, l'avaient troué à l'ancienne barrière, un fier abatis de maisons, deux vastes avenues encore blanches de plâtre, qui gardaient à leurs flancs les rues du FaubourgPoissonnière et des Poissonniers, dont les bouts s'enfonçaient, écornés, mutilés, tordus comme des boyaux sombres. Depuis longtemps, la démolition du mur de l'octroi avait déjà élargi les boulevards extérieurs, avec les chaussées latérales et le terreplein au milieu pour les piétons, planté de quatre rangées de petits platanes. C'était un carrefour immense débouchant au loin sur l'horizon, par des voies sans fin, grouillantes de foule, se noyant dans le chaos perdu des constructions. Mais, parmi les hautes maisons neuves, bien des masures branlantes restaient debout; entre les façades sculptées, des enfoncements noirs se creusaient, des chenils bâillaient, étalant les loques de leurs fenêtres. Sous le luxe montant de Paris, la misère du faubourg crevait et salissait ce chantier d'une ville nouvelle, si hâtivement bâtie.

Perdue dans la cohue du large trottoir, le long des petits platanes, Gervaise se sentait seule et abandonnée. Ces échappées d'avenues, tout làbas, lui vidaient l'estomac davantage; et dire que, parmi ce flot de monde, où il y avait pourtant des gens à leur aise, pas un chrétien ne devinait sa situation et ne lui glissait dix sous dans la main! Oui, c'était trop grand, c'était trop beau, sa tête tournait et ses jambes s'en allaient, sous ce pan démesuré de ciel gris, tendu audessus d'un si vaste espace. Le crépuscule avait cette sale couleur jaune des crépuscules parisiens, une couleur qui donne envie de mourir tout de suite, tellement la vie des rues semble laide. L'heure devenait louche, les lointains se brouillaient d'une teinte boueuse. Gervaise, déjà lasse, tombait justement en plein dans la rentrée des ouvriers. A cette heure, les dames en chapeau, les messieurs bien mis habitant les maisons neuves, étaient noyés au milieu du peuple, des processions d'hommes et de femmes encore blêmes de l'air vicié des ateliers. Le boulevard Magenta et la rue du FaubourgPoissonnière en lâchaient des bandes, essoufflées de la montée. Dans le roulement plus assourdi des omnibus et des fiacres, parmi les baquets, les tapissières, les fardiers, qui rentraient vides et au galop, un pullulement toujours croissant de blouses et de bourgerons couvrait la chaussée. Les commissionnaires revenaient, leurs crochets sur les épaules. Deux ouvriers, allongeant le pas, faisaient côte à côte de grandes enjambées, en parlant très fort, avec des gestes, sans se regarder; d'autres, seuls, en paletot et en casquette, marchaient au bord du trottoir, le nez baissé; d'autres venaient par cinq ou six, se suivant et n'échangeant pas une parole, les mains dans les poches, les yeux pâles. Quelquesuns gardaient leurs pipes éteintes entre les dents. Des maçons, dans un sapin, qu'ils avaient frété à quatre, et sur lequel dansaient leurs auges, passaient en montrant leurs faces blanches aux portières. Des peintres balançaient leurs pots à couleur; un zingueur rapportait une longue échelle, dont il manquait d'éborgner le monde; tandis qu'un fontainier, attardé, avec sa boîte sur le dos, jouait l'air du bon roi Dagobert dans sa petite trompette, un air de tristesse au fond du crépuscule navré. Ah! la triste musique, qui semblait accompagner le piétinement du troupeau, les bêtes de somme se traînant, éreintées! Encore une journée de finie! Vrai, les journées étaient longues et recommençaient trop souvent. A peine le temps de s'emplir et de cuver son manger, il faisait déjà grand jour, il fallait reprendre son collier de misère. Les gaillards pourtant sifflaient, tapant des pieds, filant raides, le bec tourné vers la soupe. Et Gervaise laissait couler la cohue, indifférente aux chocs, coudoyée à droite, coudoyée à gauche, roulée au milieu du flot; car les hommes n'ont pas le temps de se montrer galants, quand ils sont cassés en deux de fatigue et galopés par la faim.

Brusquement, en levant les yeux, la blanchisseuse aperçut devant elle l'ancien hôtel Boncoeur. La petite maison, après avoir été un café suspect, que la police avait fermé, se trouvait abandonnée, les volets couverts d'affiches, la lanterne cassée, s'émiettant et se pourrissant du haut en bas sous la pluie, avec les moisissures de son ignoble badigeon lie de vin. Et rien ne paraissait changé autour d'elle. Le papetier et le marchand de tabac étaient toujours là. Derrière, pardessus les constructions basses, on apercevait encore des façades lépreuses de maisons à cinq étages, haussant leurs grandes silhouettes délabrées. Seul, le bal du GrandBalcon n'existait plus; dans la salle aux dix fenêtres flambantes venait de s'établir une scierie de sucre, dont on entendait les sifflements continus. C'était pourtant là, au fond de ce bouge de l'hôtel Boncoeur, que toute la sacrée vie avait commencé. Elle restait debout, regardant la fenêtre du premier, où une persienne arrachée pendait, et elle se rappelait sa jeunesse avec Lantier, leurs premiers attrapages, la façon dégoûtante dont il l'avait lâchée. N'importe, elle était jeune, tout ça lui semblait gai, vu de loin. Vingt ans seulement, mon Dieu! et elle tombait au trottoir. Alors, la vue de l'hôtel lui fit mal, elle remonta le boulevard du côté de Montmartre.

Sur les tas de sable, entre les bancs, des gamins jouaient encore, dans la nuit croissante. Le défilé continuait, les ouvrières passaient, trottant, se dépêchant, pour rattraper le temps perdu aux étalages; une grande, arrêtée, laissait sa main dans celle d'un garçon, qui l'accompagnait à trois portes de chez elle; d'autres, en se quittant, se donnaient des rendezvous pour la nuit, au Grand Salon de la Folie ou à la Boule noire. Au milieu des groupes, des ouvriers à façon s'en retournaient, leurs toilettes pliées sous le bras. Un fumiste, attelé à des bricoles, tirant une voiture remplie de gravats, manquait de se faire écraser par un omnibus. Cependant, parmi la foule plus rare, couraient des femmes en cheveux, redescendues après avoir allumé le feu, et se hâtant pour le dîner; elles bousculaient le monde, se jetaient chez les boulangers et les charcutiers, repartaient sans traîner, avec des provisions dans les mains. Il y avait des petites filles de huit ans, envoyées en commission, qui s'en allaient le long des boutiques, serrant sur leur poitrine de grands pains de quatre livres aussi hauts qu'elles, pareils à de belles poupées jaunes, et qui s'oubliaient pendant des cinq minutes devant des images, la joue appuyée contre leurs grands pains. Puis, le flot s'épuisait, les groupes s'espaçaient, le travail était rentré; et, dans les flamboiements du gaz, après la journée finie, montait la sourde revanche des paresses et des noces qui s'éveillaient.

Ah! oui, Gervaise avait fini sa journée! Elle était plus éreintée que tout ce peuple de travailleurs, dont le passage venait de la secouer. Elle pouvait se coucher là et crever, car le travail ne voulait plus d'elle, et elle avait assez peiné dans son existence, pour dire: « A qui le tour? moi, j'en ai ma claque! » Tout le monde mangeait, à cette heure. C'était bien la fin, le soleil avait soufflé sa chandelle, la nuit serait longue. Mon Dieu! s'étendre à son aise et ne plus se relever, penser qu'on a remisé ses outils pour toujours et qu'on fera la vache éternellement! Voilà qui est bon, après s'être esquintée pendant vingt ans! Et Gervaise, dans les crampes qui lui tordaient l'estomac, pensait malgré elle aux jours de fête, aux gueuletons et aux rigolades de sa vie. Une fois surtout, par un froid de chien, un jeudi de la micarême, elle avait joliment nocé. Elle était bien gentille, blonde et fraîche, en ce tempslà. Son lavoir, rue Neuve, l'avait nommée reine, malgré sa jambe. Alors, on s'était baladé sur les boulevards, dans des chars ornés de verdure, au milieu du beau monde qui la reluquait joliment. Des messieurs mettaient leurs lorgnons comme pour une vraie reine. Puis, le soir, on avait fichu un balthazar à tout casser, et jusqu'au jour on avait joué des guiboles. Reine, oui, reine! avec une couronne et une écharpe, pendant vingtquatre heures, deux fois le tour du cadran! Et, alourdie, dans les tortures de sa faim, elle regardait par terre, comme si elle eût cherché le ruisseau où elle avait laissé choir sa majesté tombée.

Elle leva de nouveau les yeux. Elle se trouvait en face des abattoirs qu'on démolissait; la façade éventrée montrait des cours sombres, puantes, encore humides de sang. Et, lorsqu'elle eut redescendu le boulevard, elle vit aussi l'hôpital de Lariboisière, avec son grand mur gris, audessus duquel se dépliaient en éventail les ailes mornes, percées de fenêtres régulières; une porte, dans la muraille, terrifiait le quartier, la porte des morts, dont le chêne solide, sans une fissure, avait la sévérité et le silence d'une pierre tombale.

Alors, pour s'échapper, elle poussa plus loin, elle descendit jusqu'au pont du chemin de fer. Les hauts parapets de forte tôle boulonnée lui masquaient la voie; elle distinguait seulement, sur l'horizon lumineux de Paris, l'angle élargi de la gare, une vaste toiture, noire de la poussière du charbon; elle entendait, dans ce vaste espace clair, des sifflets de locomotives, les secousses rythmées des plaques tournantes, toute une activité colossale et cachée. Puis, un train passa, sortant de Paris, arrivant avec l'essoufflement de son baleine et son roulement peu à peu enflé. Et elle n'aperçut de ce train qu'un panache blanc, une brusque bouffée qui déborda du parapet et se perdit. Mais le pont avait tremblé, ellemême restait dans le branle de ce départ à toute vapeur. Elle se tourna, comme pour suivre la locomotive invisible, dont le grondement se mourait. De ce côté, elle devinait la campagne, le ciel libre, au fond d'une trouée, avec de hautes maisons à droite et à gauche, isolées, plantées sans ordre, présentant des façades, des murs non crépis, des murs peints de réclames géantes, salis de la même teinte jaunâtre par la suie des machines. Oh! si elle avait pu partir ainsi, s'en aller làbas, en dehors de ces maisons de misère et de souffrance! Peutêtre auraitelle recommencé à vivre. Puis, elle se retourna lisant stupidement les affiches collées contre la tôle. Il y en avait de toutes les couleurs. Une, petite, d'un joli bleu, promettait cinquante francs de récompense pour une chienne perdue. Voilà une bête qui avait dû être aimée!

Gervaise reprit lentement sa marche. Dans le brouillard d'ombre fumeuse qui tombait, les becs de gaz s'allumaient; et ces longues avenues, peu à peu noyées et devenues noires, reparaissaient toutes braisillantes, s'allongeant encore et coupant la nuit, jusqu'aux ténèbres perdues de l'horizon. Un grand souffle passait, le quartier élargi enfonçait des cordons de petites flammes sous le ciel immense et sans lune. C'était l'heure, où d'un bout à l'autre des boulevards, les marchands de vin, les bastringues, les bousingots, à la file, flambaient gaiement dans la rigolade des premières tournées et du premier chahut. La paie de grande quinzaine emplissait le trottoir d'une bousculade de gouapeurs tirant une bordée. Ça sentait dans l'air la noce, une sacrée noce, mais gentille encore. un commencement d'allumage, rien de plus. On s'empiffrait au fond des gargotes; par toutes les vitres éclairées, on voyait des gens manger, la bouche pleine, riant sans même prendre la peine d'avaler. Chez les marchands de vin, des pochards s'installaient déjà, gueulant et gesticulant. Et un bruit du tonnerre de Dieu montait, des voix glapissantes, des voix grasses, au milieu du continuel roulement des pieds sur le trottoir. « Dis donc! vienstu becqueter?... Arrive, clampin! je paie un canon de la bouteille... Tiens! v'là Pauline! ah bien! non, on va rien se tordre! » Les portes battaient, lâchant des odeurs de vin et des bouffées de cornet à pistons. On faisait queue devant l'Assommoir du père Colombe, allumé comme une cathédrale pour une grand'messe; et, nom de Dieu! on aurait dit une vraie cérémonie, car les bons zigs chantaient là dedans avec des mines de chantres au lutrin, les joues enflées, le bedon arrondi. On célébrait la SainteTouche, quoi! une sainte bien aimable, qui doit tenir la caisse au paradis. Seulement, à voir avec quel entrain ça débutait, les petits rentiers, promenant leurs épouses, répétaient en hochant la tête qu'il y aurait bigrement des hommes soûls dans Paris, cette nuitlà. Et la nuit était très sombre, morte et glacée, audessus de ce bousin, trouée uniquement par les lignes de feu des boulevards, aux quatre points du ciel.

Plantée devant l'Assommoir, Gervaise songeait. Si elle avait eu deux sous, elle serait entrée boire la goutte. Peutêtre qu'une goutte lui aurait coupé la faim. Ah! elle en avait bu des gouttes! Ça lui semblait bien bon tout de même. Et, de loin, elle contemplait la machine à soûler, en sentant que son malheur venait de là, et en faisant le rêve de s'achever avec de l'eaudevie, le jour où elle aurait de quoi. Mais un frisson lui passa dans les cheveux, elle vit que la nuit était noire. Allons, la bonne heure arrivait. C'était l'instant d'avoir du coeur et de se montrer gentille, si elle ne voulait pas crever au milieu de l'allégresse générale. D'autant plus que de voir les autres bâfrer ne lui remplissait pas précisément le ventre. Elle ralentit encore le pas, regarda autour d'elle. Sous les arbres, traînait une ombre plus épaisse. Il passait peu de monde, des gens pressés, traversant vivement le boulevard. Et, sur ce large trottoir sombre et désert, où venaient mourir les gaietés des chaussées voisines, des femmes, debout, attendaient. Elles restaient de longs moments immobiles, patientes, raidies comme les petits platanes maigres; puis, lentement, elles se mouvaient, traînaient leurs savates sur le sol glacé, faisaient dix pas et s'arrêtaient de nouveau, collées à la terre. Il y en avait une, au tronc énorme, avec des jambes et des bras d'insecte, débordante et roulante, dans une guenille de soie noire, coiffée d'un foulard jaune; il y en avait une autre, grande, sèche, en cheveux, qui avait un tablier de bonne; et d'autres encore, des vieilles replâtrées, des jeunes très sales, si sales, si minables, qu'un chiffonnier ne les aurait pas ramassées. Gervaise, pourtant, ne savait pas, tâchait d'apprendre, en faisant comme elles. Une émotion de petite fille la serrait à la gorge; elle ne sentait pas si elle avait honte, elle agissait dans un vilain rêve. Pendant un quart d'heure, elle se tint toute droite. Des hommes filaient, sans tourner la tête. Alors, elle se remua à son tour, elle osa accoster un homme qui sifflait, les mains dans les poches, et elle murmura d'une voix étranglée:

Monsieur, écoutez donc...

L'homme la regarda de côté et s'en alla en sifflant plus fort.

Gervaise s'enhardissait. Et elle s'oublia dans l'âpreté de cette chasse, le ventre creux, s'acharnant après son dîner qui courait toujours. Longtemps, elle piétina, ignorante de l'heure et du chemin. Autour d'elle, les femmes muettes et noires, sous les arbres, voyageaient, enfermaient leur marche dans le vaetvient régulier des bêtes en cage. Elles sortaient de l'ombre, avec une lenteur vague d'apparitions; elles passaient dans le coup de lumière d'un bec de gaz, où leur masque blafard nettement surgissait; et elles se noyaient de nouveau, reprises par l'ombre, balançant la raie blanche de leur jupon, retrouvant le charme frissonnant des ténèbres du trottoir. Des hommes se laissaient arrêter, causaient pour la blague, repartaient en rigolant. D'autres, discrets, effacés, s'éloignaient, à dix pas derrière une femme. Il y avait de gros murmures, des querelles à voix étouffée, des marchandages furieux, qui tombaient tout d'un coup à de grands silences. Et Gervaise, aussi loin qu'elle s'enfonçait, voyait s'espacer ces factions de femme dans la nuit, comme si, d'un bout à l'autre des boulevards extérieurs, des femmes fussent plantées. Toujours, à vingt pas d'une autre, elle en apercevait une autre. La file se perdait, Paris entier était gardé. Elle, dédaignée, s'enrageait, changeait de place, allait maintenant de la chaussée de Clignancourt à la grande rue de la Chapelle.

Monsieur, écoutez donc...

Mais les hommes passaient. Elle partait des abattoirs, dont les décombres puaient le sang. Elle donnait un regard à l'ancien hôtel Boncoeur, fermé et louche. Elle passait devant l'hôpital de Lariboisière comptait machinalement le long des façades les fenêtres éclairées, brûlant comme des veilleuses d'agonisant, avec des lueurs pâles et tranquilles. Elle traversait le pont du chemin de fer, dans le branle des trains, grondant et déchirant l'air du cri désespéré de leurs sifflets. Oh! que la nuit faisait toutes ces choses tristes! Puis, elle tournait sur ses talons, elle s'emplissait les yeux des mêmes maisons, du défilé toujours semblable de ce bout d'avenue; et cela à dix, à vingt reprises, sans relâche, sans un repos d'une minute sur un banc. Non, personne ne voulait d'elle. Sa honte lui semblait grandir de ce dédain. Elle descendait encore vers l'hôpital, elle remontait vers les abattoirs. C'était sa promenade dernière, des cours sanglantes où l'on assommait, aux salles blafardes où la mort raidissait les gens dans les draps de tout le monde. Sa vie avait tenu là.

Monsieur, écoutez donc...

Et, brusquement, elle aperçut son ombre par terre. Quand elle approchait d'un bec de gaz, l'ombre vague se ramassait et se précisait, une ombre énorme, trapue, grotesque tant elle était ronde. Cela s'étalait, le ventre, la gorge, les hanches, coulant et flottant ensemble. Elle louchait si fort de la jambe, que, sur le sol, l'ombre faisait la culbute à chaque pas; un vrai guignol! Puis, lorsqu'elle s'éloignait, le guignol grandissait, devenait géant, emplissait le boulevard, avec des révérences qui lui cassaient le nez contre les arbres et contre les maisons. Mon Dieu! qu'elle était drôle et effrayante! Jamais elle n'avait si bien compris son avachissement. Alors, elle ne put s'empêcher de regarder ça, attendant les becs de gaz, suivant des yeux le chahut de son ombre. Ah! elle avait là une belle gaupe qui marchait à côté d'elle! Quelle touche! Ça devait attirer les hommes tout de suite. Et elle baissait la voix, elle n'osait plus que bégayer dans le dos des passants:

Monsieur, écoutez donc...

Cependant, il devait être très tard. Ça se gâtait, dans le quartier. Les gargots étaient fermés, le gaz rougissait chez les marchands de vin, d'où sortaient des voix empâtées d'ivresse. La rigolade tournait aux querelles et aux coups. Un grand diable dépenaillé gueulait: « Je vas te démolir, numérote tes os! » Une fille s'était empoignée avec son amant, à la porte d'un bastringue, l'appelant sale mufe et cochon malade, tandis que l'amant répétait: « Et ta soeur? » sans trouver autre chose. La soûlerie soufflait dehors un besoin de s'assommer, quelque chose de farouche, qui donnait aux passants plus rares des visages pâles et convulsés. Il y eut une bataille, un soûlard tomba pile, les quatre fers en l'air, pendant que son camarade, croyant lui avoir réglé son compte, fuyait en tapant ses gros souliers. Des bandes braillaient de sales chansons, de grands silences se faisaient, coupés par des hoquets et des chutes sourdes d'ivrognes. La noce de la quinzaine finissait toujours ainsi, le vin coulait si fort depuis six heures, qu'il allait se promener sur les trottoirs. Oh! de belles fusées, des queues de renard élargies au beau milieu du pavé, que les gens attardés et délicats étaient obligés d'enjamber, pour ne pas marcher dedans! Vrai, le quartier était propre! Un étranger, qui serait venu le visiter avant le balayage du matin, en aurait emporté une jolie idée. Mais, à cette heure, les soûlards étaient chez eux, ils se fichaient de l'Europe. Nom de Dieu! les couteaux sortaient des poches et la petite fête s'achevait dans le sang. Des femmes marchaient vite, des hommes rôdaient avec des yeux de loup, la nuit s'épaississait, gonflée d'abominations.

Gervaise allait toujours, gambillant, remontant et redescendant avec la seule pensée de marcher sans cesse. Des somnolences la prenaient, elle s'endormait, bercée par sa jambe; puis, elle regardait en sursaut autour d'elle, et elle s'apercevait qu'elle avait fait cent pas sans connaissance, comme morte. Ses pieds à dormir debout s'élargissaient dans ses savates trouées. Elle ne se sentait plus, tant elle était lasse et vide. La dernière idée nette qui l'occupât, fut que sa garce de fille, au même instant, mangeait peutêtre des huîtres. Ensuite, tout se brouilla, elle resta les yeux ouverts, mais il lui fallait faire un trop grand effort pour penser. Et la seule sensation qui persistait en elle, au milieu de l'anéantissement de son être, était celle d'un froid de chien, d'un froid aigu et mortel comme jamais elle n'en avait éprouvé. Bien sûr, les morts n'ont pas si froid dans la terre. Elle souleva pesamment la tête, elle reçut au visage un cinglement glacial. C'était la neige qui se décidait enfin à tomber du ciel fumeux, une neige fine, drue, qu'un léger vent soufflait en tourbillons. Depuis trois jours, on l'attendait. Elle tombait au bon moment.

Alors, dans cette première rafale, Gervaise, réveillée, marcha plus vite. Des hommes couraient, se hâtaient de rentrer, les épaules déjà blanches. Et, comme elle en voyait un qui venait lentement sous les arbres, elle s'approcha, elle dit encore:

Monsieur, écoutez donc...

L'homme s'était arrêté. Mais il n'avait pas semblé entendre. Il tendait la main, il murmurait d'une voix basse:

La charité, s'il vous plaît...

Tous deux se regardèrent. Ah! mon Dieu! ils en étaient là, le père Bru mendiant, madame Coupeau faisant le trottoir! Ils demeuraient béants en face l'un de l'autre. A cette heure, ils pouvaient se donner la main. Toute la soirée, le vieil ouvrier avait rôdé, n'osant aborder le monde; et la première personne qu'il arrêtait, était une meurtdefaim comme lui. Seigneur! n'étaitce pas une pitié? avoir travaillé cinquante ans, et mendier! s'être vue une des plus fortes blanchisseuses de la rue de la Goutted'Or, et finir au bord du ruisseau! Ils se regardaient toujours. Puis, sans rien se dire, ils s'en allèrent chacun de son côté, sous la neige qui les fouettait.

C'était une vraie tempête. Sur ces hauteurs, au milieu de ces espaces largement ouverts, la neige fine tournoyait, semblait soufflée à la fois des quatre points du ciel. On ne voyait pas à dix pas, tout se noyait dans cette poussière volante. Le quartier avait disparu, le boulevard paraissait mort, comme si la rafale venait de jeter le silence de son drap blanc sur les hoquets des derniers ivrognes. Gervaise, péniblement, allait toujours, aveuglée, perdue. Elle touchait les arbres pour se retrouver. A mesure qu'elle avançait, les becs de gaz sortaient de la pâleur de l'air, pareils à des torches éteintes. Puis, tout d'un coup, lorsqu'elle traversait un carrefour, ces lueurs ellesmêmes manquaient; elle était prise et roulée dans un tourbillon blafard, sans distinguer rien qui pût la guider. Sous elle, le sol fuyait, d'une blancheur vague. Des murs gris l'enfermaient. Et, quand elle s'arrêtait, hésitante, tournant la tête, elle devinait, derrière ce voile de glace, l'immensité des avenues, les files interminables des becs de gaz, tout cet infini noir et désert de Paris endormi.

Elle était là, à la rencontre du boulevard extérieur et des boulevards de Magenta et d'Ornano, rêvant de se coucher par terre, lorsqu'elle entendit un bruit de pas. Elle courut, mais la neige lui bouchait les yeux, et les pas s'éloignaient, sans qu'elle pût saisir s'ils allaient à droite ou à gauche. Enfin elle aperçut les larges épaules d'un homme, une tache sombre et dansante, s'enfonçant dans un brouillard. Oh! celuilà, elle le voulait, elle ne le lâcherait pas! Et elle courut plus fort, elle l'atteignit, le prit par la blouse.

Monsieur, monsieur, écoutez donc...

L'homme se tourna, c'était Goujet.

Voilà qu'elle raccrochait la Gueuled'Or, maintenant! Mais qu'avaitelle donc fait au bon Dieu, pour être ainsi torturée jusqu'à la fin? C'était le dernier coup, se jeter dans les jambes du forgeron, être vue par lui au rang des roulures de barrière, blême et suppliante. Et ça se passait sous un bec de gaz, elle apercevait son ombre difforme qui avait l'air de rigoler sur la neige, comme une vraie caricature. On aurait dit une femme soûle. Mon Dieu! ne pas avoir une lichette de pain, ni une goutte de vin dans le corps, et être prise pour une femme soûle! C'était sa faute, pourquoi se soûlaitelle? Bien sûr, Goujet croyait qu'elle avait bu et qu'elle faisait une sale noce.

Goujet, cependant, la regardait, tandis que la neige effeuillait des pâquerettes dans sa belle barbe jaune. Puis, comme elle baissait la tête en reculant, il la retint.

Venez, ditil.

Et il marcha le premier. Elle le suivit. Tous deux traversèrent le quartier muet, filant sans bruit le long des murs. La pauvre madame Goujet était morte au mois d'octobre, d'un rhumatisme aigu. Goujet habitait toujours la petite maison de la rue Neuve, sombre et seul. Ce jourlà, il s'était attardé à veiller un camarade blessé. Quand il eut ouvert la porte et allumé une lampe, il se tourna vers Gervaise, restée humblement sur le palier. Il dit très bas, comme si sa mère avait encore pu l'entendre:

Entrez.

La première chambre, celle de madame Goujet, était conservée pieusement dans l'état où elle l'avait laissée. Près de la fenêtre, sur une chaise, le tambour se trouvait posé, à côté du grand fauteuil qui semblait attendre la vieille dentellière. Le lit était fait, et elle aurait pu se coucher, si elle avait quitté le cimetière pour venir passer la soirée avec son enfant. La chambre gardait un recueillement, une odeur d'honnêteté et de bonté.

Entrez, répéta plus haut le forgeron.

Elle entra, peureuse, de l'air d'une fille qui se coule dans un endroit respectable. Lui, était tout pâle et tout tremblant, d'introduire ainsi une femme chez sa mère morte. Ils traversèrent la pièce à pas étouffés, comme pour éviter la honte d'être entendus. Puis, quand il eut poussé Gervaise dans sa chambre, il ferma la porte. Là, il était chez lui. C'était l'étroit cabinet qu'elle connaissait, une chambre de pensionnaire, avec un petit lit de fer garni de rideaux blancs. Contre les murs, seulement, les images découpées s'étaient encore étalées et montaient jusqu'au plafond. Gervaise, dans cette pureté, n'osait avancer, se retirait loin de la lampe. Alors, sans une parole, pris d'une rage, il voulut la saisir et l'écraser entre ses bras. Mais elle défaillait, elle murmura:

Oh! mon Dieu!... oh! mon Dieu!...

Le poêle, couvert de poussière de coke, brûlait encore, et un restant de ragoût, que le forgeron avait laissé au chaud, en croyant rentrer, fumait devant le cendrier. Gervaise, dégourdie par la grosse chaleur, se serait mise à quatre pattes pour manger dans le poêlon. C'était plus fort qu'elle, son estomac se déchirait, et elle se baissa, avec un soupir. Mais Goujet avait compris. Il posa le ragoût sur la table, coupa du pain, lui versa à boire.

Merci! merci! disaitelle. Oh! que vous êtes bon! Merci!

Elle bégayait, elle ne pouvait plus prononcer les mots. Lorsqu'elle empoigna la fourchette, elle tremblait tellement qu'elle la laissa retomber. La faim qui l'étranglait lui donnait un branle sénile de la tête. Elle dut prendre avec les doigts. A la première pomme de terre qu'elle se fourra dans la bouche, elle éclata en sanglots. De grosses larmes roulaient le long de ses joues, tombaient sur son pain. Elle mangeait toujours, elle dévorait goulûment son pain trempé de ses larmes, soufflant trèsfort, le menton convulsé. Goujet la força à boire, pour qu'elle n'étouffât pas; et son verre eut un petit claquement contre ses. dents.

Voulezvous encore du pain? demandaitil à demivoix.

Elle pleurait, elle disait non, elle disait oui, elle ne savait pas.
Ah! Seigneur! que cela est bon et triste de manger, quand on crève!
Et lui, debout en face d'elle, la contemplait. Maintenant, il la voyait bien, sous la vive clarté de l'abatjour. Comme elle était vieillie et dégommée! La chaleur fondait la neige sur ses cheveux et ses vêtements, elle ruisselait. Sa pauvre tête branlante était toute grise, des mèches grises que le vent avait envolées. Le cou engoncé dans les épaules, elle se tassait, laide et grosse à donner envie de pleurer. Et il se rappelait leurs amours, lorsqu'elle était toute rose, tapant ses fers, montrant le pli de bébé qui lui mettait un si joli collier au cou. Il allait, dans ce temps, la reluquer pendant des heures, satisfait de la voir. Plus tard, elle était venue à la forge, et là ils avaient goûté de grosses jouissances, tandis qu'il frappait sur son fer et qu'elle restait dans la danse de son marteau. Alors, que de fois il avait mordu son oreiller, la nuit, en souhaitant de la tenir ainsi dans sa chambre! Oh! il l'aurait cassée, s'il l'avait prise, tant il la désirait! Et elle était à lui, à cette heure, il pouvait la prendre. Elle achevait son pain, elle torchait ses larmes au fond du poêlon, ses grosses larmes silencieuses qui tombaient toujours dans son manger.

Gervaise se leva. Elle avait fini. Elle demeura un instant la tête basse, gênée, ne sachant pas s'il voulait d'elle. Puis, croyant voir une flamme s'allumer dans ses yeux, elle porta la main à sa camisole, elle ôta le premier bouton. Mais Goujet s'était mis à genoux, il lui prenait les mains, en disant doucement:

Je vous aime, madame Gervaise, oh! je vous aime encore et malgré tout, je vous le jure!

Ne dites pas cela, monsieur Goujet! s'écriatelle, affolée de le voir ainsi à ses pieds. Non, ne dites pas cela, vous me faites trop de peine!

Et comme il répétait qu'il ne pouvait pas avoir deux sentiments dans sa vie, elle se désespéra davantage.

Non, non, je ne veux plus, j'ai trop de honte... pour l'amour de
Dieu! relevezvous. C'est ma place, d'être par terre.
Il se releva, il était tout frissonnant, et d'une voix balbutiante:

Voulezvous me permettre de vous embrasser?

Elle, éperdue de surprise et d'émotion, ne trouvait pas une parole. Elle dit oui de la tête. Mon Dieu! elle était à lui, il pouvait faire d'elle ce qu'il lui plairait. Mais il allongeait seulement les lèvres.

Ça suffit entre nous, madame Gervaise, murmuratil. C'est toute notre amitié, n'estce pas?

Il la baisa sur le front, sur une mèche de ses cheveux gris. Il n'avait embrassé personne, depuis que sa mère était morte. Sa bonne amie Gervaise seule, lui restait dans l'existence. Alors, quand il l'eut baisée avec tant de respect, il s'en alla à reculons tomber en travers de son lit, la gorge crevée de sanglots. Et Gervaise ne put pas demeurer là plus longtemps; c'était trop triste et trop abominable, de se retrouver dans ces conditions, lorsqu'on s'aimait. Elle lui cria:

Je vous aime, monsieur Goujet, je vous aime bien aussi... Oh! ce n'est pas possible, je comprends... Adieu, adieu, car ça nous étoufferait tous les deux.

Et elle traversa en courant la chambre de madame Goujet, elle se retrouva sur le pavé. Quand elle revint à elle, elle avait sonné rue de la Goutted'Or, Boche tirait le cordon. La maison était toute sombre. Elle entra là dedans, comme dans son deuil. A cette heure de nuit, le porche, béant et délabré, semblait une gueule ouverte. Dire que jadis elle avait ambitionné un coin de cette carcasse de caserne! Ses oreilles étaient donc bouchées, qu'elle n'entendait pas à cette époque la sacrée musique de désespoir qui ronflait derrière les murs! Depuis le jour où elle y avait fichu les pieds, elle s'était mise à dégringoler. Oui, ça devait porter malheur, d'être ainsi les uns sur les autres, dans ces grandes gueuses de maisons ouvrières; on y attraperait le choléra de la misère. Ce soirlà, tout le monde paraissait crevé. Elle écoutait seulement les Boche ronfler, à droite; tandis que Lantier et Virginie, à gauche, faisaient un ronron, comme des chats qui ne dorment pas et qui ont chaud, les yeux fermés. Dans la cour, elle se crut au milieu d'un vrai cimetière; la neige faisait par terre un carré pâle; les hautes façades montaient, d'un gris livide, sans une lumière, pareilles à des pans de ruine; et pas un soupir, l'ensevelissement de tout un village raidi de froid et de faim. Il lui fallut enjamber un ruisseau noir, une mare lâchée par la teinturerie, fumant et s'ouvrant un lit boueux dans la blancheur de la neige. C'était une eau couleur de ses pensées. Elles avaient coulé, les belles eaux bleu tendre et rose tendre!

Puis, en montant les six étages, dans l'obscurité, elle ne put s'empêcher de rire; un vilain rire, qui lui faisait du mal. Elle se souvenait de son idéal, anciennement: travailler tranquille, manger toujours du pain, avoir un trou un peu propre pour dormir, bien élever ses enfants, ne pas être battue, mourir dans son lit. Non, vrai, c'était comique, comme tout ça se réalisait! Elle ne travaillait plus, elle ne mangeait plus, elle dormait sur l'ordure, sa fille courait le guilledou, son mari lui flanquait des tatouilles; il ne lui restait qu'à crever sur le pavé, et ce serait tout de suite, si elle trouvait le courage de se flanquer par la fenêtre, en rentrant chez elle. N'auraiton pas dit qu'elle avait demandé au ciel trente mille francs de rente et des égards? Ah! vrai, dans cette vie, on a beau être modeste, on peut se fouiller! Pas même la pâtée et la niche, voilà le sort commun. ce qui redoublait son mauvais rire, c'était de se rappeler son bel espoir de se retirer à la campagne, après vingt ans de repassage. Eh bien! elle y allait, à la campagne. Elle voulait son coin de verdure au PèreLachaise.

III

Lorsqu'elle s'engagea dans le corridor, elle était comme folle. Sa pauvre tête tournait. Au fond, sa grosse douleur venait d'avoir dit un adieu éternel au forgeron. C'était fini entre eux, ils ne se reverraient jamais. Puis, làdessus, toutes les autres idées de malheur arrivaient et achevaient de lui casser le crâne. En passant, elle allongea le nez chez les Bijard, elle aperçut Lalie morte, l'air content d'être allongée, en train de se dorloter pour toujours. Ah bien! les enfants avaient plus de chance que les grandes personnes! Et, comme la porte du père Bazouge laissait passer une raie de lumière, elle entra droit chez lui, prise d'une rage de s'en aller par le même voyage que la petite.

Ce vieux rigolo de père Bazouge était revenu, cette nuitlà, dans un état de gaieté extraordinaire. Il avait pris une telle culotte, qu'il ronflait par terre, malgré la température; et ça ne l'empêchait pas de faire sans doute un joli rêve, car il semblait rire du ventre, en dormant. La camoufle, restée allumée, éclairait sa défroque, son chapeau noir aplati dans un coin, son manteau noir qu'il avait tiré sur ses genoux, comme un bout de couverture.

Gervaise, en l'apercevant, venait tout d'un coup de se lamenter si fort, qu'il se réveilla.

Nom de Dieu! fermez donc la porte! Ça fiche un froid!... Hein! c'est vous!... Qu'estce qu'il y a? qu'estce que vous voulez?

Alors, Gervaise, les bras tendus, ne sachant plus ce qu'elle bégayait, se mit à le supplier avec passion.

Oh! emmenezmoi, j'en ai assez, je veux m'en aller... Il ne faut pas me garder rancune. Je ne savais pas, mon Dieu! On ne sait jamais, tant qu'on n'est pas prête... Oh! oui, l'on est content d'y passer un jour!...Emmenezmoi, emmenezmoi, je vous crierai merci!

Et elle se mettait à genoux, toute secouée d'un désir qui la pâlissait. Jamais elle ne s'était ainsi roulée aux pieds d'un homme. La trogne du père Bazouge, avec sa bouche tordue et son cuir encrassé par la poussière des enterrements, lui semblait belle et resplendissante comme un soleil. Cependant, le vieux, mal éveillé, croyait à quelque mauvaise farce.

Dites donc, murmuraitil, il ne faut pas me la faire!

Emmenezmoi, répéta plus ardemment Gervaise. Vous vous rappelez, un soir, j'ai cogné à la cloison; puis, j'ai dit que ce n'était pas vrai, parce que j'étais encore trop bête... Mais, tenez! donnez vos mains, je n'ai plus peur! Emmenezmoi faire dodo, vous sentirez si je remue... Oh! je n'ai que cette envie, oh! je vous aimerai bien!

Bazouge, toujours galant, pensa qu'il ne devait pas bousculer une dame qui semblait avoir un tel béguin pour lui. Elle déménageait, mais elle avait tout de même de beaux restes, quand elle se montait.

Vous êtes joliment dans le vrai, ditil d'un air convaincu; j'en ai encore emballé trois, aujourd'hui, qui m'auraient donné un fameux pourboire, si elles avaient pu envoyer la main à la poche... Seulement, ma petite mère, ça ne peut pas s'arranger comme ça...

Emmenezmoi, emmenezmoi, criait toujours Gervaise, je veux m'en aller...

Dame! il y a une petite opération auparavant... Vous savez, couic!

Et il fit un effort de la gorge, comme s'il avalait sa langue. Puis, trouvant la blague bonne, il ricana.

Gervaise s'était relevée lentement. Lui non plus ne pouvait donc rien pour elle? Elle rentra dans sa chambre, stupide, et se jeta sur sa paille, en regrettant d'avoir mangé. Ah! non, par exemple, la misère ne tuait pas assez vite.

Coupeau tira une bordée, cette nuitlà. Le lendemain, Gervaise reçut dix francs de son fils Étienne, qui était mécanicien dans un chemin de fer; le petit lui envoyait des pièces de cent sous de temps à autre sachant qu'il n'y avait pas gras à la maison. Elle mit un potaufeu et le mangea toute seule, car cette rosse de Coupeau ne rentra pas davantage le lendemain. Le lundi personne, le mardi personne encore. Toute la semaine se passa. Ah! nom d'un chien! si une dame l'avait enlevé, c'est ça qui aurait pu s'appeler une chance! Mais, juste le dimanche, Gervaise reçut un papier imprimé, qui lui fit peur d'abord, parce qu'on aurait dit une lettre du commissaire de police. Puis, elle se rassura, c'était simplement pour lui apprendre que son cochon était en train de crever à SainteAnne. Le papier disait ça plus poliment, seulement ça revenait au même. Oui, c'était bien une dame qui avait enlevé Coupeau, et cette dame s'appelait Sophie Tournedel'oeil, la dernière bonne amie des pochards.

Ma foi, Gervaise ne se dérangea pas. Il connaissait le chemin, il reviendrait bien tout seul de l'asile; on l'y avait tant de fois guéri, qu'on lui ferait une fois de plus la mauvaise farce de le remettre sur ses pattes. Estce qu'elle ne venait pas d'apprendre le matin même que, pendant huit jours, on avait aperçu Coupeau, rond comme une balle, roulant les marchands de vin de Belleville, en compagnie de MesBottes! Parfaitement, c'était même MesBottes qui finançait; il avait dû jeter le grappin sur le magot de sa bourgeoise, des économies gagnées au joli jeu que vous savez. Ah! ils buvaient là du propre argent, capable de flanquer toutes les mauvaises maladies! Tant mieux, si Coupeau en avait empoigné des coliques! Et Gervaise était surtout furieuse, en songeant que ces deux bougres d'égoïstes n'auraient seulement pas songé à venir la prendre pour lui payer une goutte. Aton jamais vu! une noce de huit jours, et pas une galanterie aux dames! Quand on boit seul, on crève seul, voilà!

Pourtant, le lundi, comme Gervaise avait un bon petit repas pour le soir, un reste de haricots et une chopine, elle se donna le prétexte qu'une promenade lui ouvrirait l'appétit. La lettre de l'asile, sur la commode, l'embêtait. La neige avait fondu, il faisait un temps de demoiselle, gris et doux, avec un fond vif dans l'air qui ragaillardissait. Elle partit à midi, car la course était longue; il fallait traverser Paris, et sa gigue restait toujours en retard. Avec ça, il y avait une suée de monde dans les rues; mais le monde l'amusait, elle arriva très gentiment. Lorsqu'elle se fut nommée, on lui en raconta une raide: il paraît qu'on avait repêché Coupeau au PontNeuf; il s'était élancé pardessus le parapet, en croyant voir un homme barbu qui lui barrait le chemin. Un joli saut, n'estce pas? et quant à savoir comment Coupeau se trouvait sur le PontNeuf, c'était une chose qu'il ne pouvait pas expliquer luimême.

Cependant, un gardien conduisit Gervaise. Elle montait un escalier, lorsqu'elle entendit des gueulements qui lui donnèrent froid aux os.

Hein? il en fait, une musique! dit le gardien.

Qui donc? demandatelle.

Mais votre homme! Il gueule comme ça depuis avanthier. Et il danse, vous allez voir.

Ah! mon Dieu! quelle vue! Elle resta saisie. La cellule était matelassée du haut en bas; par terre, il y avait deux paillassons, l'un sur l'autre; et, dans un coin, s'allongeaient un matelas et un traversin, pas davantage. Là dedans, Coupeau dansait et gueulait. Un vrai chienlit de la Courtille, avec sa blouse en lambeaux et ses membres qui battaient l'air; mais un chienlit pas drôle, oh! non, un chienlit dont le chahut effrayant vous faisait dresser tout le poil du corps. Il était déguisé en unquivamourir. Cré nom! quel cavalier seul! Il butait contre la fenêtre, s'en retournait à reculons, les bras marquant la mesure, secouant les mains, comme s'il avait voulu se les casser et les envoyer à la figure du monde. On rencontre des farceurs dans les bastringues, qui imitent ça; seulement, ils l'imitent mal, il faut voir sauter ce rigodon des soûlards, si l'on veut juger quel chic ça prend, quand c'est exécuté pour de bon. La chanson a son cachet aussi, une engueulade continue de carnaval, une bouche grande ouverte lâchant pendant des heures les mêmes notes de trombone enroué. Coupeau, lui, avait le cri d'une bête dont on a écrasé la patte. Et, en avant l'orchestre, balancez vos dames!

Seigneur! qu'estce qu'il a donc?... qu'estce qu'il a donc?... répétait Gervaise, prise de taf.

Un interne, un gros garçon blond et rose, en tablier blanc, tranquillement assis, prenait des notes. Le cas était curieux, l'interne ne quittait pas le malade.

Restez un instant, si vous voulez, ditil à la blanchisseuse; mais tenezvous tranquille... Essayez de lui parler, il ne vous reconnaîtra pas.

Coupeau, en effet, ne parut même pas apercevoir sa femme. Elle l'avait mal vu en entrant, tant il se disloquait. Quand elle le regarda sous le nez, les bras lui tombèrent. Étaitce Dieu possible qu'il eût une figure pareille, avec du sang dans les yeux et des croûtes plein les lèvres? Elle ne l'aurait bien sûr pas reconnu. D'abord, il faisait trop de grimaces, sans dire pourquoi, la margoulette tout d'un coup à l'envers, le nez froncé, les joues tirées, un vrai museau d'animal. Il avait la peau si chaude, que l'air fumait autour de lui; et son cuir était comme verni, ruisselant d'une sueur lourde qui dégoulinait. Dans sa danse de chicard enragé, on comprenait tout de même qu'il n'était pas à son aise, la tête lourde, avec des douleurs dans les membres.

Gervaise s'était rapprochée de l'interne, qui battait un air du bout des doigts sur le dossier de sa chaise.

Dites donc, monsieur, c'est sérieux alors, cette fois?

L'interne hocha la tête sans répondre.

Dites donc, estce qu'il ne jacasse pas tout bas?... Hein? vous entendez, qu'estce que c'est?

Des choses qu'il voit, murmura le jeune homme. Taisezvous, laissezmoi écouter.

Coupeau parlait d'une voix saccadée. Pourtant, une flamme de rigolade lui éclairait les yeux. Il regardait par terre, à droite, à gauche, et tournait, comme s'il avait flâné au bois de Vincennes, en causant tout seul.

Ah! ça, c'est gentil, c'est pommé... Il y a des chalets, une vraie foire. Et de la musique un peu chouette! Quel balthazar! ils cassent les pots, là dedans... Très chic! V'la que ça s'illumine; des ballons rouges en l'air, et ça saute, et ça file!... Oh! oh! que de lanternes dans les arbres!... Il fait joliment bon! Ça pisse de partout, des fontaines, des cascades, de l'eau qui chante, oh! d'une voix d'enfant de choeur... Épatant! les cascades!

Et il se redressait, comme pour mieux entendre la chanson délicieuse de l'eau; il aspirait l'air fortement, croyant boire la pluie fraîche envolée des fontaines. Mais, peu à peu, sa face reprit une expression d'angoisse. Alors, il se courba, il fila plus vite le long des murs de la cellule, avec de sourdes menaces.

Encore des fourbis, tout ça!... Je me méfiais... Silence, tas de gouapes! Oui, vous vous fichez de moi. C'est pour me turlupiner que vous buvez et que vous braillez là dedans avec vos traînées... Je vas vous démolir, moi, dans votre chalet!... Nom de Dieu! voulezvous me foutre la paix!

Il serrait les poings; puis, il poussa un cri rauque, il s'aplatit en courant. Et il bégayait, les dents claquant d'épouvante:

C'est pour que je me tue. Non, je ne me jetterai pas!... Toute cette eau, ça signifie que je n'ai pas de coeur. Non, je ne me jetterai pas!

Les cascades, qui fuyaient à son approche, s'avançaient quand il reculait. Et, tout d'un coup, il regarda stupidement autour de lui, il balbutia, d'une voix à peine distincte:

Ce n'est pas possible, on a embauché des physiciens contre moi!

Je m'en vais, monsieur, bonsoir! dit Gervaise à l'interne. Ça me retourne trop, je reviendrai.

Elle était blanche. Coupeau continuait son cavalier seul, de la fenêtre au matelas, et du matelas à la fenêtre, suant, s'échinant, battant la même mesure. Alors, elle se sauva. Mais elle eut beau dégringoler l'escalier, elle entendit jusqu'en bas le sacré chahut de son homme. Ah! mon Dieu! qu'il faisait bon dehors, on respirait!

Le soir, toute la maison de la Goutted'Or causait de l'étrange maladie du père Coupeau. Les Boche, qui traitaient la Banban pardessous la jambe maintenant, lui offrirent pourtant un cassis dans leur loge, histoire d'avoir des détails. Madame Lorilleux arriva, madame Poisson aussi. Ce furent des commentaires interminables. Boche avait connu un menuisier qui s'était mis tout nu dans la rue SaintMartin, et qui était mort en dansant la polka; celuilà buvait de l'absinthe. Ces dames se tortillèrent de rire, parce que ça leur semblait drôle tout de même, quoique triste. Puis, comme on ne comprenait pas bien, Gervaise repoussa le monde, cria pour avoir de la place; et, au milieu de la loge, tandis que les autres regardaient, elle fit Coupeau, braillant, sautant, se démanchant avec des grimaces abominables. Oui, parole d'honneur! c'était tout à fait ça! Alors, les autres s'épatèrent: pas possible! un homme n'aurait pas duré trois heures à un commerce pareil. Eh bien! elle le jurait sur ce qu'elle avait de plus sacré, Coupeau durait depuis la veille, trentesix heures déjà. On pouvait aller y voir, d'ailleurs, si on ne la croyait pas. Mais madame Lorilleux déclara que, merci bien! elle était revenue de SainteAnne; elle empêcherait même Lorilleux d'y ficher les pieds. Quant à Virginie, dont la boutique tournait de plus mal en plus mal, et qui avait une figure d'enterrement, elle se contenta de murmurer que la vie n'était pas toujours gaie, ah! sacredié, non! On acheva le cassis, Gervaise souhaita le bonsoir à la compagnie. Lorsqu'elle ne parlait plus, elle prenait tout de suite la tête d'un ahuri de Chaillot, les yeux grands ouverts. Sans doute elle voyait son homme en train de valser. Le lendemain, en se levant, elle se promit de ne plus aller làbas. A quoi bon? Elle ne voulait pas perdre la boule, à son tour. Cependant, toutes les dix minutes, elle retombait dans ses réflexions, elle était sortie, comme on dit. Ça serait curieux pourtant, s'il faisait toujours ses ronds de jambe. Quand midi sonna, elle ne put tenir davantage, elle ne s'aperçut pas de la longueur du chemin, tant le désir et la peur de ce qui l'attendait lui occupaient la cervelle.

Oh! elle n'eut pas besoin de demander des nouvelles. Dès le bas de l'escalier, elle entendit la chanson de Coupeau. Juste le même air, juste la même danse. Elle pouvait croire qu'elle venait de descendre à la minute, et qu'elle remontait. Le gardien de la veille, qui portait des pots de tisane dans le corridor, cligna de l'oeil en la rencontrant, pour se montrer aimable.

Alors, toujours! ditelle.

Oh! toujours! réponditil sans s'arrêter.

Elle entra, mais elle se tint dans le coin de la porte, parce qu'il y avait du monde avec Coupeau. L'interne blond et rose était debout, ayant cédé sa chaise à un vieux monsieur décoré, chauve et la figure en museau de fouine. C'était bien sûr le médecin en chef, car il avait des regards minces et perçants comme des vrilles. Tous les marchands de mort subite vous ont de ces regardslà.

IV

Gervaise, d'ailleurs, n'était pas venue pour ce monsieur, et elle se haussait derrière son crâne, mangeant Coupeau des yeux. Cet enragé dansait et gueulait plus fort que la veille. Elle avait bien vu, autrefois, à des bals de la micarême, des garçons de lavoir solides s'en donner pendant toute une nuit; mais jamais, au grand jamais, elle ne se serait imaginée qu'un homme pût prendre du plaisir si longtemps; quand elle disait prendre du plaisir, c'était une façon de parler, car il n'y a pas de plaisir à faire malgré soi des sauts de carpe, comme si on avait avalé une poudrière. Coupeau, trempé de sueur, fumait davantage, voilà tout. Sa bouche semblait plus grande, à force de crier. Oh! les dames enceintes faisaient bien de rester dehors. Il avait tant marché du matelas à la fenêtre, qu'on voyait son petit chemin à terre; le paillasson était mangé par ses savates.

Non, vrai, ça n'offrait rien de beau, et Gervaise, tremblante, se demandait pourquoi elle était revenue. Dire que, la veille au soir, chez les Boche, on l'accusait d'exagérer le tableau! Ah bien! elle n'en avait pas fait la moitié assez! Maintenant, elle voyait mieux comment Coupeau s'y prenait, elle ne l'oublierait jamais plus, les yeux grands ouverts sur le vide. Pourtant, elle saisissait des phrases, entre l'interne et le médecin. Le premier donnait des détails sur la nuit, avec des mots qu'elle ne comprenait pas. Toute la nuit, son homme avait causé et pirouetté, voilà ce que ça signifiait au fond. Puis, le vieux monsieur chauve, pas trèspoli d'ailleurs, parut enfin s'apercevoir de sa présence; et, quand l'interne lui eut dit qu'elle était la femme du malade, il se mit à l'interroger, d'un air méchant de commissaire de police.

Estce que le père de cet homme buvait?

Oui, monsieur, un petit peu, comme tout le monde... Il s'est tué en dégringolant d'un toit, un jour de ribote.

Estce que sa mère buvait?

Dame! monsieur, comme tout le monde, vous savez, une goutte parci, une goutte parlà... Oh! la famille est très bien!... Il y a eu un frère, mort très jeune dans des convulsions.

Le médecin la regardait de son oeil perçant. Il reprit, de sa voix brutale:

Vous buvez aussi, vous?

Gervaise bégaya, se défendit, posa la main sur son coeur pour donner sa parole sacrée.

Vous buvez! Prenez garde, voyez où mène la boisson... Un jour ou l'autre, vous mourrez ainsi.

Alors, elle resta collée contre le mur. Le médecin avait tourné le dos. Il s'accroupit, sans s'inquiéter s'il ne ramassait pas la poussière du paillasson avec sa redingote; il étudia longtemps le tremblement de Coupeau, l'attendant au passage, le suivant du regard. Ce jourlà, les jambes sautaient à leur tour, le tremblement était descendu des mains dans les pieds; un vrai polichinelle, dont on aurait tiré les fils, rigolant des membres, le tronc raide comme du bois. Le mal gagnait petit à petit. On aurait dit une musique sous la peau; ça partait toutes les trois ou quatre secondes, roulait un instant; puis ça s'arrêtait et ça reprenait, juste le petit frisson qui secoue les chiens perdus, quand ils ont froid l'hiver, sous une porte. Déjà le ventre et les épaules avaient un frémissement d'eau sur le point de bouillir. Une drôle de démolition tout de même, s'en aller en se tordant, comme une fille à laquelle les chatouilles font de l'effet!

Coupeau, cependant, se plaignait d'une voix sourde. Il semblait souffrir beaucoup plus que la veille. Ses plaintes entrecoupées laissaient deviner toutes sortes de maux. Des milliers d'épingles le piquaient. Il avait partout sur la peau quelque chose de pesant; une bête froide et mouillée se traînait sur ses cuisses et lui enfonçait des crocs dans la chair. Puis, c'étaient d'autres bêtes qui se collaient à ses épaules, en lui arrachant le dos à coups de griffes.

J'ai soif, oh! j'ai soif! grognaitil continuellement.

L'interne prit un pot de limonade sur une planchette et le lui donna. Il saisit le pot à deux mains, aspira goulûment une gorgée, en répandant la moitié du liquide sur lui; mais il cracha tout de suite la gorgée, avec un dégoût furieux, en criant:

Nom de Dieu! c'est de l'eaudevie!

Alors, l'interne, sur un signe du médecin, voulut lui faire boire de l'eau, sans lâcher la carafe. Cette fois, il avala la gorgée, en hurlant, comme s'il avait avalé du feu.

C'est de l'eaudevie, nom de Dieu! c'est de l'eaudevie!

Depuis la veille, tout ce qu'il buvait était de l'eaudevie. Ça redoublait sa soif, et il ne pouvait plus boire, parce que tout le brûlait. On lui avait apporté un potage, mais on cherchait à l'empoisonner bien sûr, car ce potage sentait le vitriol. Le pain était aigre et gâté. Il n'y avait que du poison autour de lui. La cellule puait le soufre. Même il accusait des gens de frotter des allumettes sous son nez pour l'empester.

Le médecin venait de se relever et écoutait Coupeau, qui maintenant voyait de nouveau des fantômes en plein midi. Estce qu'il ne croyait pas apercevoir sur les murs des toiles d'araignée grandes comme des voiles de bateau! Puis, ces toiles devenaient des filets avec des mailles qui se rétrécissaient et s'allongeaient, un drôle de joujou! Des boules noires voyageaient dans les mailles, de vraies boules d'escamoteur, d'abord grosses comme des billes, puis grosses comme des boulets; et elles enflaient, et elles maigrissaient, histoire simplement de l'embêter. Tout d'un coup, il cria:

Oh! les rats, v'là les rats, à cette heure!

C'étaient les boules qui devenaient des rats. Ces sales animaux grossissaient, passaient à travers le filet, sautaient sur le matelas, où ils s'évaporaient. Il y avait aussi un singe, qui sortait du mur, qui rentrait dans le mur, en s'approchant chaque fois si près de lui, qu'il reculait, de peur d'avoir le nez croqué. Brusquement, ça changea encore; les murs devaient cabrioler, car il répétait, étranglé de terreur et de rage:

C'est ça, aïe donc! secouezmoi, je m'en fiche!... Aïe donc! la cambuse! aïe donc! par terre!... Oui, sonnez les cloches, tas de corbeaux! jouez de l'orgue pour m'empêcher d'appeler la garde!... Et ils ont mis une machine derrière le mur, ces racailles! Je l'entends bien, elle ronfle, ils vont nous faire sauter... Au feu! nom de Dieu! au feu. On crie au feu! voilà que ça flambe. Oh! ça s'éclaire, ça s'éclaire! tout le ciel brûle, des feux rouges, des feux verts, des feux jaunes... A moi! au secours! au feu!

Ses cris se perdaient dans un râle. Il ne marmottait plus que des mots sans suite, une écume à la bouche, le menton mouillé de salive. Le médecin se frottait le nez avec le doigt, un tic qui lui était sans doute habituel, en face des cas graves. Il se tourna vers l'interne, lui demanda à demivoix:

Et la température, toujours quarante degrés, n'estce pas?

Oui, monsieur.

Le médecin fit une moue. Il demeura encore là deux minutes, les yeux fixés sur Coupeau. Puis, il haussa les épaules, en ajoutant:

Le même traitement, bouillon, lait, limonade citrique, extrait mou de quinquina en potion... Ne le quittez pas, et faitesmoi appeler.

Il sortit, Gervaise le suivit, pour lui demander s'il n'y avait plus d'espoir. Mais il marchait si raide dans le corridor, qu'elle n'osa pas l'aborder. Elle resta plantée là un instant, hésitant à rentrer voir son homme. La séance lui semblait déjà joliment rude.

Comme elle l'entendait crier encore que la limonade sentait l'eau devie, ma foi! elle fila, ayant assez d'une représentation. Dans les rues, le galop des chevaux et le bruit des voitures lui firent croire que tout SainteAnne était à ses trousses. Et ce médecin qui l'avait menacée! Vrai, elle croyait déjà avoir la maladie.

Naturellement, rue de la Goutted'Or, les Boche et les autres l'attendaient. Dès qu'elle parut sous la porte, on l'appela dans la loge. Eh bien! estce que le père Coupeau durait toujours? Mon Dieu! oui, il durait toujours. Boche semblait stupéfait et consterné: il avait parié un litre que le père Coupeau n'irait pas jusqu'au soir. Comment! il durait encore! Et toute la société s'étonnait, en se tapant sur les cuisses. En voilà un gaillard qui résistait! Madame Lorilleux calcula les heures: trentesix heures et vingtquatre heures, soixante heures. Sacré mâtin! soixante heures déjà qu'il jouait des quilles et de la gueule! On n'avait jamais vu un pareil tour de force. Mais Boche qui riait jaune à cause de son litre, questionnait Gervaise d'un air de doute, en lui demandant si elle était bien sûre qu'il n'eût pas défilé la parade derrière son dos. Oh! non, il sautait trop fort, il n'en avait pas envie. Alors, Boche, insistant davantage, la pria de refaire un peu comme il faisait, pour voir. Oui, oui, encore un peu! à la demande générale! la société lui disait qu'elle serait bien gentille, car justement il y avait là deux voisines, qui n'avaient pas vu la veille, et qui venaient de descendre exprès pour assister au tableau. Le concierge criait au monde de se ranger, les gens débarrassaient le milieu de la loge, en se poussant du coude, avec un frémissement de curiosité. Cependant, Gervaise baissait la tête. Vrai, elle craignait de se rendre malade. Pourtant, désirant prouver que ce n'était pas histoire de se faire prier, elle commença deux ou trois petits sauts; mais elle devint toute chose, elle se rejeta en arrière; parole d'honneur, elle ne pouvait pas! Un murmure de désappointement courut: c'était dommage, elle imitait ça à la perfection. Enfin, si elle ne pouvait pas! Et, comme Virginie retournait à sa boutique, on oublia le père Coupeau, pour causer vivement du ménage Poisson, une pétaudière maintenant; la veille, les huissiers étaient venus; le sergent de ville allait perdre sa place; quant à Lantier, il tournait autour de la fille du restaurant d'à côté, une femme magnifique, qui parlait de s'établir tripière. Dame! on en rigolait, on voyait déjà une tripière installée dans la boutique; après la friandise, le solide. Ce cocu de Poisson avait une bonne tête, dans tout ça; comment diable un homme dont le métier était d'être malin, se montraitil si godiche chez lui? Mais on se tut brusquement, en apercevant Gervaise, qu'on ne regardait plus, et qui s'essayait toute seule au fond de la loge, tremblant des pieds et des mains, faisant Coupeau. Bravo! c'était ça, on n'en demandait pas davantage. Elle resta hébétée, ayant l'air de sortir d'un rêve. Puis, elle fila raide. Bien le bonsoir, la compagnie! elle montait pour tâcher de dormir.

Le lendemain, les Boche la virent partir à midi, comme les deux autres jours. Ils lui souhaitaient bien de l'agrément. Ce jourlà, à SainteAnne, le corridor tremblait des gueulements et des coups de talon de Coupeau. Elle tenait encore la rampe de l'escalier, qu'elle l'entendit hurler:

En v'là des punaises!... Rappliquez un peu par ici, que je vous désosse!... Ah! ils veulent m'escoffier, ah! les punaises! Je suis plus rupin que vous tous! Décarrez, nom de Dieu!

Un instant, elle souffla devant la porte. Il se battait donc avec une armée! Quand elle entra, ça croissait et ça embellissait. Coupeau était fou furieux, un échappé de Charenton! Il se démenait au milieu de la cellule, envoyant les mains partout, sur lui, sur les murs, par terre, culbutant, tapant dans le vide; et il voulait ouvrir la fenêtre, et il se cachait, se défendait, appelait, répondait, tout seul pour faire ce sabbat, de l'air exaspéré d'un homme cauchemardé par une flopée de monde. Puis, Gervaise comprit qu'il s'imaginait être sur un toit, en train de poser des plaques de zinc. Il faisait le soufflet avec sa bouche, il remuait des fers dans le réchaud, se mettait à genoux, pour passer le pouce sur les bords du paillasson, en croyant qu'il le soudait. Oui, son métier lui revenait, au moment de crever; et s'il gueulait si fort, s'il se crochait sur son toit, c'était que des mufes l'empêchaient d'exécuter proprement son travail. Sur tous les toits voisins, il y avait de la fripouille qui le mécanisait. Avec ça, ces blagueurs lui lâchaient des bandes de rats dans les jambes. Ah! les sales bêtes, il les voyait toujours! Il avait beau les écraser, en frottant son pied sur le sol de toutes ses forces, il en passait de nouvelles ribambelles, le toit en était noir. Estce qu'il n'y avait pas dés araignées aussi! Il serrait rudement son pantalon pour tuer contre sa cuisse de grosses araignées, qui s'étaient fourrées là. Sacré tonnerre! il ne finirait jamais sa journée, on voulait le perdre, son patron allait l'envoyer à Mazas. Alors, en se dépêchant, il crut qu'il avait une machine à vapeur dans le ventre; la bouche grande ouverte, il soufflait de la fumée, une fumée épaisse qui emplissait la cellule et qui sortait par la fenêtre; et, penché, soufflant toujours, il regardait dehors le ruban de fumée se dérouler, monter dans le ciel, où il cachait le soleil.

Tiens! criatil, c'est la bande de la chaussée Clignancourt, déguisée en ours, avec des flafla...

Il restait accroupi devant la fenêtre, comme s'il avait suivi un cortège dans une rue, du haut d'une toiture.

V'la la cavalcade, des lions et des panthères qui font des grimaces... Il y a des mômes habillés en chiens et en chats... Il y a la grande Clémence, avec sa tignasse pleine de plumes. Ah! sacredié! elle fait la culbute, elle montre tout ce qu'elle a!.. Dis donc, ma biche, faut nous carapatter... Eh! bougres de roussins, voulezvous bien ne pas la prendre!... Ne tirez pas, tonnerre! ne tirez pas...

Sa voix montait, rauque, épouvantée, et il se baissait vivement, répétant que la rousse et les pantalons rouges étaient en bas, des hommes qui le visaient avec des fusils. Dans le mur, il voyait le canon d'un pistolet braqué sur sa poitrine. On venait lui reprendre la fille.

Ne tirez pas, nom de Dieu! ne tirez pas...

Puis, les maisons s'effondraient, il imitait le craquement d'un quartier qui croule; et tout disparaissait, tout s'envolait. Mais il n'avait pas le temps de souffler, d'autres tableaux passaient, avec une mobilité extraordinaire. Un besoin furieux de parler lui emplissait la bouche de mots, qu'il lâchait sans suite, avec un barbotement de la gorge. Il haussait toujours la voix.

Tiens, c'est toi, bonjour!... Pas de blague! ne me fais pas manger tes cheveux.

Et il passait la main devant son visage, il soufflait pour écarter des poils. L'interne l'interrogea.

Qui voyezvous donc?

Ma femme, pardi!

Il regardait le mur, tournant le dos à Gervaise.

Celleci eut un joli trac, et elle examina aussi le mur, pour voir si elle ne s'apercevait pas. Lui, continuait de causer.

Tu sais, ne m'embobine pas... Je ne veux pas qu'on m'attache... Fichtre! te voilà belle, t'as une toilette chic. Où astu gagné ça, vache! Tu viens de la retape, chameau! Attends un peu que je t'arrange!... Hein? tu caches ton monsieur derrière tes jupes. Qu'estce que c'est que celuilà? Fais donc la révérence, pour voir... Nom de Dieu! c'est encore lui!

D'un saut terrible, il alla se heurter la tête contre la muraille; mais la tenture rembourrée amortit le coup. On entendit seulement le rebondissement de son corps sur le paillasson, où la secousse l'avait jeté.

Qui voyezvous donc? répéta l'interne.

Le chapelier! le chapelier! hurlait Coupeau.

Et, l'interne ayant interrogé Gervaise, celleci bégaya sans pouvoir répondre, car cette scène remuait en elle tous les embêtements de sa vie. Le zingueur allongeait les poings.

A nous deux, mon cadet! Faut que je te nettoie à la fin! Ah! tu viens tout de go, avec cette drogue au bras, pour te ficher de moi en public. Eh bien! je vas t'estrangouiller, oui, oui, moi! et sans mettre des gants encore!... Ne fais pas le fendant... Empoche ça. Et atout! atout! atout!

Il lançait ses poings dans le vide. Alors, une fureur s'empara de lui. Ayant rencontré le mur en reculant, il crut qu'on l'attaquait par derrière. Il se retourna, s'acharna sur la tenture. Il bondissait, sautait d'un coin à un autre, tapait du ventre, des fesses, d'une épaule, roulait, se relevait. Ses os mollissaient, ses chairs avaient un bruit d'étoupes mouillées. Et il accompagnait ce joli jeu de menaces atroces, de cris gutturaux et sauvages. Cependant, la bataille devait mal tourner pour lui, car sa respiration devenait courte, ses yeux sortaient de leurs orbites; et il semblait peu à peu pris d'une lâcheté d'enfant.

A l'assassin! à l'assassin!... Foutez le camp, tous les deux. Oh! les salauds, ils rigolent. La voilà les quatre fers en l'air, cette garce!... Il faut qu'elle y passe, c'est décidé... Ah! le brigand, il la massacre! Il lui coupe une quille avec son couteau. L'autre quille est par terre, le ventre est en deux, c'est plein de sang... Oh! mon Dieu, oh! mon Dieu, oh! mon Dieu...

Et, baigné de sueur, les cheveux dressés sur le front, effrayant, il s'en alla à reculons, en agitant violemment les bras, comme pour repousser l'abominable scène. Il jeta deux plaintes déchirantes, il s'étala à la renverse sur le matelas, dans lequel ses talons s'étaient empêtrés.

Monsieur, monsieur, il est mort! dit Gervaise les mains jointes.

L'interne s'était avancé, tirant Coupeau au milieu du matelas. Non, il n'était pas mort. On l'avait déchaussé; ses pieds nus passaient, au bout; et ils dansaient tout seuls, l'un à côté de l'autre, en mesure, d'une petite danse pressée et régulière.

Justement, le médecin entra. Il amenait deux collègues, un maigre et un gras, décorés comme lui. Tous les trois se penchèrent, sans rien dire, regardant l'homme partout; puis, rapidement, à demivoix, ils causèrent. Ils avaient découvert l'homme des cuisses aux épaules, Gervaise voyait, en se haussant, ce torse nu étalé. Eh bien c'était complet, le tremblement était descendu des bras et monté des jambes, le tronc luimême entrait en gaieté, à cette heure! Positivement, le polichinelle rigolait aussi du ventre. C'étaient des risettes le long des côtes, un essoufflement de la berdouille, qui semblait crever de rire.

Et tout marchait, il n'y avait pas à dire! les muscles se faisaient visàvis, la peau vibrait comme un tambour, les poils valsaient en se saluant. Enfin, ça devait être le grand branlebas, comme qui dirait le galop de la fin, quand le jour paraît et que tous les danseurs se tiennent par la patte en tapant du talon.

Il dort, murmura le médecin en chef.

Et il fit remarquer la figure de l'homme aux deux autres. Coupeau, les paupières closes, avait de petites secousses nerveuses qui lui tiraient toute la face. Il était plus affreux encore, ainsi écrasé, la mâchoire saillante, avec le masque déformé d'un mort qui aurait eu des cauchemars. Mais les médecins, ayant aperçu les pieds, vinrent mettre leurs nez dessus, d'un air de profond intérêt. Les pieds dansaient toujours. Coupeau avait beau dormir, les pieds dansaient! Oh! leur patron pouvait ronfler, ça ne les regardait pas, ils continuaient leur traintrain, sans se presser ni se ralentir. De vrais pieds mécaniques, des pieds qui prenaient leur plaisir où ils le trouvaient.

Pourtant, Gervaise, ayant vu les médecins poser leurs mains sur le torse de son homme, voulut le tâter elle aussi. Elle s'approcha doucement, lui appliqua sa main sur une épaule. Et elle la laissa une minute. Mon Dieu! qu'estce qui se passait donc là dedans? Ça dansait jusqu'au fond de la viande; les os euxmêmes devaient sauter. Des frémissements, des ondulations arrivaient de loin, coulaient pareils à une rivière, sous la peau. Quand elle appuyait un peu, elle sentait les cris de souffrance de la moelle. A l'oeil nu, on voyait seulement les petites ondes creusant des fossettes, comme à la surface d'un tourbillon; mais, dans l'intérieur, il devait y avoir un joli ravage. Quel sacré travail! un travail de taupe! C'était le vitriol de l'Assommoir qui donnait làbas des coups de pioche. Le corps entier en était saucé, et dame! il fallait que ce travail s'achevât, endettant, emportant Coupeau, dans le tremblement général et continu de toute la carcasse.

Les médecins s'en étaient allés. Au bout d'une heure, Gervaise, restée avec l'interne, répéta à voix basse:

Monsieur, monsieur, il est mort...

Mais l'interne, qui regardait les pieds, dit non de la tête. Les pieds nus, hors du lit, dansaient toujours. Ils n'étaient guère propres, et ils avaient les ongles longs. Des heures encore passèrent. Tout d'un coup, ils se raidirent, immobiles. Alors, l'interne se tourna vers Gervaise, en disant:

Ça y est.

La mort seule avait arrêté les pieds.

Quand Gervaise rentra rue de la Goutted'Or, elle trouva chez les Boche un tas de commères qui jabotaient d'une voix allumée. Elle crut qu'on l'attendait pour avoir des nouvelles, comme les autres jours.

Il est claqué, ditelle en poussant la porte tranquillement, la mine éreintée et abêtie.

Mais on ne l'écoutait pas. Toute la maison était en l'air. Oh! une histoire impayable! Poisson avait pigé sa femme avec Lantier. On ne savait pas au juste les choses, parce que chacun racontait ça à sa manière. Enfin, il était tombé sur leur dos au moment où les deux autres ne l'attendaient pas. Même on ajoutait des détails que les dames se répétaient en pinçant les lèvres. Une vue pareille, naturellement, avait fait sortir Poisson de son caractère. Un vrai tigre! Cet homme, peu causeur, qui semblait marcher avec un bâton dans le derrière, s'était mis à rugir et à bondir. Puis, on n'avait plus rien entendu. Lantier devait avoir expliqué l'affaire au mari. N'importe, ça ne pouvait plus aller loin. Et Boche annonçait que la fille du restaurant d'à côté prenait décidément la boutique, pour y installer une triperie. Ce roublard de chapelier adorait les tripes.

Cependant, Gervaise, en voyant arriver madame Lorilleux avec madame
Lerat, répéta mollement:
Il est claqué... Mon Dieu! quatre jours à gigoter et à gueuler...

Alors, les deux soeurs ne purent pas faire autrement que de tirer leurs mouchoirs. Leur frère avait eu bien des torts, mais enfin c'était leur frère. Boche haussa les épaules, en disant assez haut pour être entendu de tout le monde:

Bah! c'est un soûlard de moins!

Depuis ce jour, comme Gervaise perdait la tête souvent, une des curiosités de la maison était de lui voir faire Coupeau. On n'avait plus besoin de la prier, elle donnait le tableau gratis, tremblement des pieds et des mains, lâchant de petits cris involontaires. Sans doute elle avait pris ce ticlà à SainteAnne, en regardant trop longtemps son homme. Mais elle n'était pas chanceuse, elle n'en crevait pas comme lui. Ça se bornait à des grimaces de singe échappé, qui lui faisaient jeter des trognons de choux par les gamins, dans les rues.

V

Gervaise dura ainsi pendant des mois. Elle dégringolait plus bas encore, acceptait les dernières avanies, mourait un peu de faim tous les jours. Dès qu'elle possédait quatre sous, elle buvait et battait les murs. On la chargeait des sales commissions du quartier. Un soir, on avait parié qu'elle ne mangerait pas quelque chose de dégoûtant; et elle l'avait mangé, pour gagner dix sous. M. Marescot s'était décidé à l'expulser de la chambre du sixième. Mais, comme on venait de trouver le père Bru mort dans son trou, sous l'escalier, le propriétaire avait bien voulu lui laisser cette niche. Maintenant, elle habitait la niche du père Bru. C'était là dedans, sur de la vieille paille, qu'elle claquait du bec, le ventre vide et les os glacés. La terre ne voulait pas d'elle, apparemment. Elle devenait idiote, elle ne songeait seulement pas à se jeter du sixième sur le pavé de la cour, pour en finir. La mort devait la prendre petit à petit, morceau par morceau, en la traînant ainsi jusqu'au bout dans la sacrée existence qu'elle s'était faite. Même on ne sut jamais au juste de quoi elle était morte. On parla d'un froid et chaud. Mais la vérité était qu'elle s'en allait de misère, des ordures et des fatigues de sa vie gâtée. Elle creva d'avachissement, selon le mot des Lorilleux. Un matin, comme ça sentait mauvais dans le corridor, on se rappela qu'on ne l'avait pas vue depuis deux jours; et on la découvrit déjà verte, dans sa niche.

Justement, ce fut le père Bazouge qui vint, avec la caisse des pauvres sous le bras, pour l'emballer. Il était encore joliment soûl, ce jourlà, mais bon zig tout de même, et gai comme un pinson. Quand il eut reconnu la pratique à laquelle il avait affaire, il lâcha des réflexions philosophiques, en préparant son petit ménage.

Tout le monde y passe.... On n'a pas besoin de se bousculer, il y a de la place pour tout le monde... Et c'est bête d'être pressé, parce qu'on arrive moins vite... Moi, je ne demande pas mieux que de faire plaisir. Les uns veulent, les autres ne veulent pas. Arrangez un peu ça, pour voir... En v'là une qui ne voulait pas, puis elle a voulu. Alors, on l'a fait attendre... Enfin, ça y est, et, vrai! elle l'a gagné! Allonsy gaiement!

Et, lorsqu'il empoigna Gervaise dans ses grosses mains noires, il fut pris d'une tendresse, il souleva doucement cette femme qui avait eu un si long béguin pour lui. Puis, en l'allongeant au fond de la bière avec un soin paternel, il bégaya, entre deux hoquets: